岩井俊二

情書

ラヴレター

王筱玲／張苓 譯

Literary Forest
文學森林

出版緣起

青春是——什麼事情都沒發生的日子。

真的什麼都沒發生嗎？說這句話時，岩井俊二其實想著許多往事。仙台的家鄉、不被老師接受的求學時期、熱愛電影但沒錢拍片的大學時代，在他的青春故事裡總是出現那些與人短暫的相處、不經意的相遇、遺忘多時的人、被當時的自己忽略的事，回頭尋找那些轉瞬消失的過往、尋找被錯過的可能，那些，都是他的故事。

已經有七年沒有作品的岩井俊二，並沒有停止說故事。但他不是講究精細分工的傳統日本電影工作者，他的電影多半來自自己的小說、自己的腳本、甚至自己扛起攝影機拍、自己配樂，堅持參與所有的細節，讓他的故事總是貼近他自己，別人的人生匆匆錯過的，他想留在故事裡。

東北仙台出生、成長於日本泡沫經濟時代的岩井俊二，早熟、對生死有強烈的感受力，學美術出身的他總是能以獨特的光影、片段但坦率的生活感捕捉青春的雙面性：殘酷與純真。初戀、偶像崇拜、青春彆扭，他的文字影像新鮮地讓年輕人找到認同，許多影迷覺得那就是自己的私人成長，全新的語言視覺，打動全新的世代，岩井從此成為一代人生命的養分。

即使隨著年紀增長，曾經在岩井俊二手中生成的燦爛的光影和對話思緒仍舊打動著人們：《情書》裡藤井樹沒有說破的初戀痕跡、《燕尾蝶》裡的少女燕尾蝶捍衛夢想的勇氣，或者《關於Lily Chou-Chou的一切》（電影《青春電幻物語》原著）中，雄一的嘆息。閱讀文字版岩井俊二，我們冀求的就是填補那些快被遺忘的記憶、找回生活裡看似無事卻隱隱牽動我們的生命流動。

一九九五年，岩井因為《情書》紅遍日本以及整個亞洲。《情書》裡的少年少女，成為共有的青春記憶，當博子對著山岳吶喊：你好嗎？回音傳來：你好嗎？難堪的或痛苦的過往最後化成文字光影保留下來。一整個世代的觀眾因此學會了這樣跟往事告別：你好嗎？我很好。青春再度成為什麼都沒發生的日子。生命就是這樣的無言卻簡單。

歡迎來到有著我們青春身影的岩井俊二世界裡。

新經典文化編輯部

© Rockwell Eyes Inc.

岩井俊二（Iwai Shunji），一九六三年一月出生於日本仙台市。自橫濱國立大學美術系畢業後，開始從事影像導演、寫作、編劇與音樂創作等工作。曾以《向上打的煙火是要從下看，還是從旁邊看？》獲得日本電影導演協會新人獎，《情書》是他第一部長篇電影作品，票房與口碑兼具，在日本獲得「日本奧斯卡」、「日刊體育報」、「藍絲帶」等近三十座電影獎項，隨後亦在台灣、香港及韓國掀起風潮。之後，岩井俊二陸續編導《燕尾蝶》、《夢旅人》、《四月物語》、《青春電幻物語》及《花與愛麗絲》等作品。

岩井俊二除了劇本創作外，也推出小說作品，包括《情書》、《燕尾蝶》、《關於Lily Chou-Chou的一切》和《華萊士人魚》。

CONTENTS

致台灣讀者

大學畢業後的幾年，為了成為專業人士，我拚命工作。從製作ＭＶ開始，接著拍了將近十部的電視短篇連續劇，到後來，我終於等到可以做自己想做的、能保有自我風格作品的環境。在這段期間，我寫下了《情書》，這也成為我第一本小說。

學生時代想盡辦法從事可以創作的工作，小說家、漫畫家、畫家、電影導演、電視劇導演、劇作家……等，總之，我認為如果可以做這些工作，人生就不會後悔。不過我想，音樂方面的工作應該是沒辦法，所以放棄了。

這些零碎分歧的夢想，因為彼此之間並沒有那麼疏遠，好像能夠互相磨練我的創作技巧，現在回想起來，包括音樂在內，學生時代的所有夢想都實現了。夢想確實是實現了，只不過，學生時代的夢想，就只是「想做」而已，然而，從那裡開始又是另一個故事了。對於實現夢想來說，這是最單純的開始。

如今，「創作」就是我的人生，也是我人生的意義。

二〇一二年四月

1

藤井樹過世已經兩年了。

三月三日是第三年祭日。在女兒節這天，神戶下了一場罕見的雪，位在山坡上的公墓也籠罩在大雪之中，黑色的喪服沾染了斑駁的白雪。

博子仰望天空，潔白的雪花漫無邊際地從無色透明的天空飄落，美得如此自然。喪生於雪山的他，在最後一刻看到的天空恐怕也是這麼美吧？

「這雪好像是那孩子讓天降下的。」

阿樹的母親安代這麼說，原本她應該會成為博子的婆婆。

輪到博子上香了。

在墓前雙手合十，再次和他面對面的博子，對於自己不可思議的平靜感到驚訝。這就是所謂的歲月嗎？想到這，博子心情有點複雜。

對不起，我真是個薄情的女人啊！

博子插上的線香緩緩地升起輕煙，但卻馬上被落下的雪花掃過，熄滅了。博子認為這好像是他的惡作劇。

她心頭一緊。

因為是女兒節，所以在等待線香燒完的時間裡招待大家喝熱甜酒。掃墓的人們頓時熱鬧起來，他們用酒杯喝著暖暖的甜酒，開始東家長西家短地閒聊。他們大多是阿樹的親戚，還有一些對阿樹已沒什麼深刻印象的朋友。在他的墓前，幾乎都談著與他無關的事情。因為阿樹平時不愛說話，算是很難相處的人，他們會這樣也是無可厚非。年紀輕輕就走了啊，對他們而言，他也就是這樣一個再無其他話題的故人。

「我沒辦法喝甜的，沒有辣的嗎？辣的酒！」

「我也喜歡辣的。」

阿樹的父親精一逐一回應這些男人的任性要求，一邊叫來安代。

「安代！把那個拿來，不是有菊正[1]什麼的嗎？」

「現在？一會兒之後不就可以盡情地喝了嗎？」

「沒關係，沒關係啦！拿來！拿來！」

安代一臉不高興地跑去拿菊正。

就這樣，宴會早早在大雪之中拉開了序幕。一瓶菊正已經不夠，陸陸續續送來許多一公升裝的酒並列在雪地裡。

「博子小姐……」

突然開口喊博子的是和阿樹一起登山過的學弟們。博子早就注意到了，他們一直尷尬地待在角落。但那些阿樹原本的夥伴、曾和他一起登山，最後不得不決定下山、棄他而去的隊友，今天都沒有出現。

「學長們今天在家閉門思過。」

---

1 日本酒分甜口、辣口兩種。菊正為辣口的代表之一。

「大家至今還有罪惡感呢，秋葉學長自從那件事之後再也沒登過山。」

秋葉是阿樹最好的朋友，也是最後那一次登山的領隊。阿樹掉下懸崖後，就是秋葉做出了「放棄阿樹」的決定。葬禮那天，阿樹的親戚們拒絕秋葉和隊友們前來弔唁。當時，每個人都變得感情用事。

「登山的規矩只在山上才管用！」

博子到現在都忘不了當時有個親戚這樣罵過秋葉他們。說這話的人，現在還記得這些嗎？他此刻應該也在那群喝酒起鬨的人群裡吧！

「要是大家都能來就好了。」

「這個……」

學弟們支吾著，面面相覷。其中一個悄悄地跟她說：

「老實說，學長們好像打算今晚偷偷來掃墓呢。」

法事一結束，接下來就是要到餐廳用餐。因此，大家頓時喪失了在大雪中的忍耐力，突然耐不住寒冷，急忙快步下山奔向停車場，博子也被邀請去用餐，不過她拒絕了。

才剛發動車子，精一便過來敲敲車窗。

「博子，真不好意思，順路幫我把她送回家吧。」

博子一看，安代按著太陽穴，顯得很痛苦。

「怎麼了？」

「她說突然覺得頭痛。」

精一打開車門，把安代推到後座上。

「好痛！你這麼用力推，會痛啊！」

「你還說呢！接下來才是最忙的時候，真是沒用的傢伙。」

罵完安代的精一，不好意思地轉頭對博子微笑。這時，一個喝得醉醺醺的親戚走到精一背後。

「治夫，你已經醉了！」

搖著手說沒有的男人，站都站不穩了。他一眼看見車裡的博子，突然從車窗探進頭來。酒氣在車裡瀰漫。

「啊，是博子小姐嗎？」

「別鬧了！」

精一慌忙把那個男人從車旁拉開。

被架走的男人口齒不清地唱起歌來：

「小姐呀，你聽我說啊，不要愛上山裡的男人啊……」

「笨蛋！」

精一敲打著那個男人的腦袋，一邊低頭向博子道歉。

博子的車子在不熟悉的雪地緩慢地滑行，離開了公墓。

「爸爸也很辛苦啊。」

「才不是，那是裝出來的。」

博子從後照鏡裡看看安代。她坐在那兒，根本看不出頭痛的跡象。

「今天還要鬧一個晚上，他其實很期待呢！只是他擔心興致太高了會不成體統，所以才裝成很忙的樣子。他們都一樣。那群人說是來掃墓，不過是想喝酒罷了。」

「媽媽，還頭痛嗎？」

「什麼？」

「是裝病嗎？」

博子透過後照鏡露出笑容。

「什麼呀！」

「沒什麼……」

「怎麼了，博子？」

「我是說，大家都有很多詭計。」

「大家？誰啊？」

「秋葉他們。」

「秋葉他們怎麼啦？」

「好像在打什麼主意。」

「什麼主意？」

博子用一個曖昧的微笑搪塞過去。

車開到位於須磨的藤井家，安代硬把博子拉進家門。

屋內顯得很昏暗，似乎有看不見的陰影籠罩著。

起居室裡有個還沒擺上女兒節裝飾人偶的階梯狀陳列台。

木箱堆在一旁。打開蓋子一看，天皇和皇后人偶的臉孔露了出來。

端茶過來的安代，不好意思地解釋：

「只做了一半而已，因為還得準備今天的儀式，所以就擱在一旁了。」

接著，兩人便重新擺上人偶。比起博子見過的人偶，這裡的人偶看上去大了許多，樣式上也更古典。

「這些人偶真漂亮！」

「看起來很古老吧？據說從曾祖母那一代就有了。」

根據安代的說法，這些人偶被當成嫁妝，一代傳一代，一直傳到她手裡。它們和歷代的新娘一起經歷了無數歲月。那些新娘裡，一定有些人已經和阿樹一起長眠在那片墓地裡了吧。博子一邊想，一邊用小梳子為人偶梳頭髮。

「一年只能出來一次，這些人偶一定能活很久的。」

安代凝視著人偶的臉說著。
直到傍晚，雪依然下不停。
兩人打開了阿樹房間的門。
阿樹原本在國中當美術老師，房間裡到處都是油畫的畫布。
博子從書架上抽出一本素描簿攤在桌上。每一頁的畫都充滿回憶。而且，每幅畫都散發著舊日時光的味道。
從前，博子喜歡在一旁看阿樹畫畫。如今，看到這些已成為遺物的畫，那些被遺忘的時光再度甦醒了。此刻，她彷彿聽見了鉛筆遊走在Watson水彩紙上的聲音。
安代的聲音喚醒了陷入回憶中的博子。
「你看這個。」
安代把從書架上找到的一本冊子遞給博子。
「啊，畢業紀念冊！」
那是阿樹國中時代的畢業紀念冊。

……小樽市立色內中學。

「你們住過小樽嗎？」

「對啊，小樽。之後搬到橫濱，然後到博多、神戶。」

「都是好地方呀！」

「住在哪裡都一樣。」

「不是說住慣了，哪兒都好嗎？」

「是啊，住慣了哪兒都好。但小樽真是個安靜的好地方呀！」

「住在小樽的哪裡呢？」

「哪兒呢？……不過那裡已經不見了，好像變成國道了。」

「這樣啊……啊，找到了！」

博子翻著翻著，找到了國中時代的他。班級的團體照裡只有一個人被框出來，很醒目，正是他。那樣子和博子記憶中的他一模一樣。

「畢業前轉學了。」

「他一點都沒變啊！」

「是嗎？」安代盯著畢業紀念冊……

「現在看來，總覺得這照片不吉利。」

接著，兩人開始對著照片中的國中生們品頭論足。安代都一把年紀了，還對著這些穿著制服的少年說「這個好可愛、我喜歡這個」之類的話，讓博子都笑了。

「這裡面還有他的初戀情人呢！」

安代一邊說，一邊用手指搜尋著女孩子的臉，然後指著一個女孩。

「咦？這個女孩很像博子吧？」

「什麼？」

「說不定是他的初戀情人？」

「是這個女孩嗎？」

「不是說男人會照著初戀情人的相貌找女朋友嗎？」

「是這樣嗎？」

「是啊。」

博子把臉湊近畢業紀念冊凝目而視，卻看不出哪裡相似。
她想看看還有沒有其他的照片，又翻過一頁。
「阿樹參加什麼社團？」
「田徑隊。」
博子翻找田徑隊的照片。
「有了，有了。」
這是一張短跑的照片，是在阿樹絆倒的那一瞬間按下的快門。是張有點糗的照片。
「真是決定性的瞬間啊！」
照片下方還寫了注解：「藤井的Last Run！」儘管覺得有點對不起阿樹，博子還是不由得「噗嗤」地笑了出來。
廚房傳來水燒開的水壺鳴叫聲，安代站起來。
「要不要吃蛋糕？」
「啊，不用了……」

「是Comme Chinois的蛋糕喔。」

「那好吧。」

安代離開了房間，博子仍緊盯著紀念冊，一頁一頁認真地搜尋著不知會在何處出現的他，連最後一頁的通訊錄都不放過。博子用手指尋找著他的名字。

「藤井樹……藤井樹……」

就在指尖捕捉到那個名字的瞬間，博子心中突然閃過一個奇妙的念頭。

博子從他的桌子上找了枝筆，伸出手掌，忽然轉念，又捲起袖子，把住址抄在雪白的手臂上。

……小樽市錢函二丁目二十四番地。

安代端著蛋糕和紅茶走進來時，博子的左手臂已經藏進毛衣的袖子裡了。

「在打什麼主意呢？」

安代的話讓博子嚇一大跳。

「什麼？」

「秋葉他們，在打什麼主意呢？」

「啊？噢，他們說今天晚上要夜襲。」

「夜襲？」

「聽說他們晚上要偷偷去掃墓。」

「噢，這樣啊！」

安代看上去雖然很吃驚，但似乎也有些欣喜。

「這麼一來，那孩子今晚也睡不成了。」

那天晚上，可能在秋葉他們開始行動時，博子寫了一封信寄給阿樹，寄信的地址就是之前抄在左手臂上的那個地址。

如果照安代所說，那裡已經成為國道的路基，信是絕對寄不到的。這應該是一封哪兒都寄不到的信，正因為無法投遞才有意義。因為，這封信是寫給已不在人世的他。

藤井樹君：

你好嗎？我很好。

渡邊博子

信的內容只有這樣。想了又想，揉掉了很多張信紙，最後寫好的信只有這幾個字，博子自己也覺得很奇怪，但她卻喜歡這封短信的簡潔。

（他一定也會喜歡的。）

博子當晚就把這封信投進附近的郵筒。這封信宛如一盞水燈，滑落郵筒的底部，「沙、沙」地發出了微弱的聲響後，悄然消失。

這是在藤井樹的祭日當天，屬於博子的紀念方式。

漸漸止息的雪，還零零落落地飛舞在夜空中。

2

那封詭異的信是三月初寄到的。一直有感冒感覺的我，那天真的感冒了，早上第一次量體溫就是三十八點五度。打電話向工作的市立圖書館請假，算是盡了應盡的義務，然後又鑽回還留有餘溫的被窩裡享受回籠覺。在吃完有點晚的早餐之後，我在客廳的躺椅上又睡了一覺。結果，郵差的破摩托車聲打斷了我的好夢。

說到郵差利滿這個人，就是那種一看到女孩子就非得搭訕不可的無腦男人。而且，他那尖銳的大嗓門時常讓我感到神經衰弱。像今天這樣身體非常不舒服的時候，更是受不了。不過那天我判斷力變遲鈍，完全忘記這些事，在毫無防備的狀態下就開門了。毫無防備是指我頂著一頭沒梳的亂髮、戴著遮住半張臉的大口罩，毛衣外套下還穿著睡衣，總之，就是那個狼狽模樣。站在門外的利滿看到我這個樣子，露出又驚又喜的眼神緊盯著我看。

「咦？今天在家啊？」

我穿著夾腳拖的兩隻腳停了下來。

（糟了！）

腦袋昏昏沉沉地意識到時，已經來不及了。

「今天請假嗎？」

「……」

「感冒了嗎？還帶著口罩呢！」

「……」

「今年的感冒很厲害的！」

我本來打算無論他說什麼一概不理會的，不過，這個傢伙似乎會一直喋喋不休。於是，我鼓起勇氣，跑向信箱。

「我這兒有電影票，一起去看吧？星期六如何？」

利滿叫嚷著，我充耳不聞，從信箱裡拿出郵件後，飛快地掉頭，一口氣衝回屋裡。

「喂，阿樹！」

我逕自關上門。僅僅這樣的來回，對於現在的我來說，也是相當劇烈的運動。激烈的心跳讓我不由自主地在玄關蹲了下來。都是利滿害的！這個利滿，又開始不停按我家的門鈴。我抑制住怒火，對著對講機問：

「……喂？有什麼事嗎？」

「阿樹，信掉了！」

我同時聽到他的喊叫聲和對講器裡傳來的聲音，那聲音好像等著被嘉獎的孩子一樣，非常有精神。

「啊，不好意思，請放在信箱裡。」

利滿沒有回答，這時卻傳來了開鐵柵門的低沉聲響。

（別隨便進來啊！）

儘管我在心裡這樣大喊，利滿還是擅自闖進來，「咚咚」地敲起玄關大門。

「阿樹！你的信！你的信！」

利滿不斷敲著門，一邊喊著。

我頭昏眼花，再次穿著夾腳拖，打開了門。

本以為利滿就在門外，不知為何，他背對著我朝庭院方向頻頻鞠躬。正當納悶著他在跟誰打招呼時，發現原來是我爺爺！爺爺從院子裡的薔薇園後一臉嚴肅地探出頭來，我對他揮揮手表示沒事之後，他又消失在樹叢裡。

「……你叫太大聲了！」

「對不起……啊，你掉了這封信。」

利滿遞過來一封信，然後張大嘴問：

「情書？」

對這種類型的玩笑，或總是把沒什麼大不了的事情硬拿來和戀愛或性扯上關係的笑話，我在身心上都無法接受。因此，我用迅雷不及掩耳的速度，左手一把搶過信，然後在他反應過來之前，右手把門鎖上，這都是身體在瞬間的自然反應。在門外的利滿頓時恐怕還搞不清楚發生了什麼事，大概只能張大嘴巴、呆站在那兒了吧！

我整理了一下郵件，拿走自己的，剩下的放在廚房的餐具櫃上，接著就上了二樓。只有一封寄給我的信，就是利滿撿到的那一封。寄件人是我完全沒有印象的名字。

渡邊博子。

地址是神戶市。

……神戶的渡邊博子。

這恐怕是我人生中第一次接觸到神戶這個地名。知道是知道，但僅僅是知道這個地名而已。神戶的渡邊小姐……渡邊博子小姐。

我一邊疑惑著，一邊還是把信拆了。裡面有一張信紙。當我的目光落在這張信紙上時，該怎麼說呢？剎那間，腦中突然一片空白，陷入了一種難以形容的狀態。

藤井樹君：

你好嗎？我很好。

渡邊博子

這就是全部的內容。

「……這是什麼啊？」

這不只是含糊不清，我覺得根本已經到了毫無意義的程度。儘管想要思考，但空白而凝滯的空間卻在大腦中持續膨脹，一定是因為發燒的關係。我就這樣癱在床上。

「渡邊博子、渡邊博子、渡邊渡邊博子渡邊渡邊博子渡邊渡邊博子博子渡邊……」

我像唸經一樣反覆唸著這個名字，大腦裡卻沒有半點記憶，什麼都想不起來。愈想愈覺得這是封謎樣的信，它的內容真是太簡短了。撲克牌遊戲裡的橋牌是我最擅長的，而不知為什麼，玩簡單的抽鬼牌我卻老是輸。所以如果說這封信幾乎準確地抓住了我的弱點，可能就很容易理解為什麼。

外面傳來破舊摩托車難聽的引擎聲。從窗戶看出去，透過籬笆，隱隱約約可以看到利滿正要離去的身影。

看樣子再研究下去也不會有什麼進展。我把信放在桌子上，又鑽進被窩。

暮色漸深時，我飄浮在淺睡的狀態中，醒來的時候，屋內已經是一片漆黑。儘管如此，我還是留戀在被窩的舒適裡。這時，媽媽已經回來，開始準備晚飯了。我一邊聽著炸東西的聲音，一邊尋思著，太油膩的飯菜恐怕不適合生病的身體吧！想著想著，我又昏睡過去。

夢中，鍋裡的油炸聲變成了雨聲。

雨中，我在操場上奔跑。是國中的操場，奔跑的也是國中時代的我。儘管被淋成了落湯雞，卻只是一語不發地跑著。啊，這樣下去會感冒的，雖然這樣想著，夢中的我仍停不下腳步。這時，雨變成了雪，我凍得牙齒直打顫，但還是繼續跑著。

醒來時，我全身已被汗濕透。窗外竟真的下起雪來。一看錶，已經十點多了，無奈的是，晚餐時間早過了。

「我不知道你在樓上啊。」

對著不滿地鼓起臉的我，媽媽這麼回答。

仔細想想，媽媽其實也不知道我因為感冒而請假在家。

我獨自坐在餐桌旁。主菜是炸魚。讓我夢見下雨的就是盤子上的這條魚，現在卻因為冷了，看起來很難吃的樣子。

「有沒有粥啊？」

「你自己煮吧。」

「那算了。」

狡猾的女兒很清楚，這樣一說，媽媽就會因拿她沒輒而幫她煮。媽媽顯得很不耐煩，把鍋子放在爐子上開始煮粥。

「莫名其妙的信？不幸的信？」

「我覺得好像不是。」

我吃著煮好的粥，提起剛才的信。

「神戶的渡邊小姐，媽媽有印象嗎？」

「渡邊小姐？」

「渡邊博子。」

「是哪裡認識的人吧？只是你忘了。」

「就說了沒這回事嘛！我絕對不認識這個人。渡邊博子。」

「……」

「這實在太奇怪，很奇怪吧？爺爺！」

我叫著隔壁的爺爺。爺爺正在客廳裡看電視。

「嗯，是很奇怪。」

爺爺似懂非懂的樣子。為了加入這個話題的討論，手上拿著電視遙控器，慢慢地走了過來。

這就是藤井家全部的成員，雖然是略嫌不完美的家庭結構，不過不喜歡人多的我，卻覺得這樣剛剛好。

「信裡寫了什麼？」媽媽問。

「你好嗎？我很好。」

「然後呢？」

「只有這些。」

「這是什麼意思？」

「想看嗎？我去拿來？」

然而，媽媽卻是一副怎樣都無所謂的表情，對正要從椅子上站起來的我說：

「吃完飯快把藥吃了。」

信的話題到此為止。我又坐下，拿起在藥房裡買的感冒藥瓶。

「沒去醫院看醫生嗎？」

「還沒那麼嚴重。」

「那種藥只在快要感冒時才有用。」

我裝作不知道，把藥錠放進嘴裡。

「那你明天能去上班吧？」

「嗯，這個……」

「不去上班就去醫院。」

「與其去醫院，我寧願去上累得要死的班。」

「你在說什麼！一整天還不是只坐在那裡發呆而已。」

一想到媽媽把圖書館的工作想得那麼輕鬆，就讓人生氣。不過雖沒給她說中，但也差不了多少，所以我無言以對。一直拿著遙控器站在一旁的爺爺，終於插話：

「阿樹，把信給我看看。」

然而現在我完全提不起勁。

「信？什麼信？」

爺爺嘟囔著，邊朝客廳走去。

斷斷續續地睡了一整天，到了晚上有點睡不著了。我在床上翻來覆去，完全沒有睡意，那奇怪的惡作劇或許也是拜這個不眠之夜所賜。不過當時我自以為想到了一個絕妙的主意。我忍著笑，離開被窩坐到桌前。

渡邊博子小姐：

我也很好。

只是有點感冒。

藤井樹

只是想惡作劇一下而已。

但沒有惡意。不，可能有一點吧。

第二天早上，感冒還很嚴重，我卻選擇去上班。因為不這樣的話，就會被迫去醫院。

上班途中，我把昨晚寫的信投進了車站前的郵筒。

「哈啾！」

當打噴嚏的超大聲響迴盪在閱覽室裡時，館內的讀者都會偷偷瞄我一眼。一整天，我都被猛烈的噴嚏和咳嗽折磨，雖然知道會影響周圍的人，卻也沒有辦法。同事綾子看不下去，替我向館長報告，所以下午派我去整理書庫。

「別偷偷睡覺哦。」

綾子拍拍我的肩膀說。

書庫為了保護書籍，一般都維持適當的溫度和濕度，但畢竟那地方都是舊書，有點黴味，總覺得到處都飄浮著看不見的孢子。或許是心理作用，一旦這樣想，我就更加控制不住地打起噴嚏來。雖然辜負了綾子的好意，但卻能避免給讀者帶來困擾，或許這也達到了她的本意吧。

專門負責整理書庫的春美，對因不停打噴嚏而沒法工作的我，指了指下巴。

「怎麼不戴口罩？」

「什麼？」

「這個。」

我用手一摸，摸到了不知何時滑落下來的口罩。

「這裡的書很刺鼻，要小心哦！」

春美專門負責整理書庫，在這兒大家都叫她「老大」。單憑一個女人被冠上「老大」的外號，就知道她是市立圖書館的第一怪人。我雖然能理解，卻無法接受自己被稱為第二怪人。依綾子他們的說法，即使我說不上是哪兒古怪，但看起來就是一副怪人的樣子。

「不過，你離『老大』的等級還差得遠呢！」

就是說嘛。雖然對春美有點不好意思，不過我可不想和「老大」相提並論。

「我覺得那些傢伙真是太不負責任了。」

「老大」說話時，雙手還不停往書架上排書。

「誰啊？」

「寫這些書的人。」

「什麼？」

「就是這裡的書！」

「老大」稍微加重語氣，指著書庫裡的書。

「難道不是嗎？這些傢伙想寫就寫，完全沒有考慮到是我們在後面進行整理，你看看這麼厚的書！誰會看啊？」

接著，「老大」從書架上抽出一本書，放在我膝上。書名是《核廢料是否有未來》。

「到底想說什麼呢？你不覺得他們談論核廢料處理的問題以前，應該先好好想想自己的書以後如何處理嗎？」

「是嗎？咳、咳……」我一邊咳嗽一邊把書還給她。「老大」接過書，「啪」一聲撕下了其中一頁。我不敢相信自己的眼睛。「老大」卻若無其事地把它揉成一團塞進口袋裡。

「咳、咳咳……你在幹什麼？」

於是，「老大」像故意做給我看似地撕起書來。她把書插回書架時，加了一個程序：每本都撕下一頁，揉成一團，塞到口袋裡。

「這麼做很能消除壓力喔！」

「咳！」

「要不要試試看？」

「咳、咳、為什麼……咳、要這麼做？」

「很有趣啊。」

「老大」甚至露出了一個略帶殘酷的微笑。

「咳、咳咳！」

咳嗽的時候我又想起了那封信。說實在的，把信投進郵筒後，直到此刻我還一直在意這件事。對素昧平生的人做這種事情，究竟想期待接下來會發生什麼事呢？正因為無法預測，我才覺得可怕。一想到這，我發現自已惡作劇的後果比眼前「老大」的古怪行徑更嚴重。

（為什麼要做這種蠢事呢？）

看著「老大」不停撕書的身影，膽小的我已經被莫大的後悔擊垮了。

3

博子是唸短大時和他認識的。他當時讀的是神戶市內的美術大學，專攻油畫，也加入登山社。唸短大的博子比他早一年進入社會，他則在隔年當了國中的美術老師。

對出身東京的博子而言，他是她神戶生活的全部。和他一起度過的日子、偶爾一個人落單的日子、即使落單也滿腦子想著他的日子、有他陪伴的日子、希望時間就此停住的日子，然後永遠失去他的日子。

他死於山難之後，儘管失去了留在神戶的理由，博子也沒打算回東京。對於家人勸她回去的催促，她只是含糊其辭地搪塞，不想結束自己一個人的生活。不過，關於這件事，博子也搞不清楚自己真正的想法，有時也會驚訝於自己怎麼還身在此處。然後，每天依舊過著往返公司和住處一成不變的生活。

在第三次忌日後的第四天，同時也是一個星期六的傍晚。

博子回到家，打開信箱，就看見一堆沒用的廣告傳單裡夾著一個小小的四方形信封。背面沒有寄件人的名字。拆開一看，裡面有一張信紙折成四折。在展開這張折成四折信紙的剎那，博子以為是自己寫的那封信，就是在第三次忌日那晚寫的那封信，寄到什麼地方又退回來了。然而，她馬上就知道不是，那只是一瞬間的錯覺。同時，博子的心跳幾乎要停止了。

藤井樹

渡邊博子小姐：

我也很好。

只是有點感冒。

是他的回信！但是，這是不可能的。或許是誰的惡作劇吧？那封信被誰看到了？為什麼那封信能被人收到呢？過了很久，博子仍然無法抑制內心的激動，把那封短信反覆看了幾遍。

不管是誰的惡作劇，這無疑是那封信的回信。博子覺得這件事本身就是個奇蹟。雖然不明白中間有著怎樣的偶然性，但這個偶然讓博子感受到他的氣息。

（這一定是他的回信！）

博子決定這麼想，隨即又把信看了一遍。

博子突然想把這封信拿給秋葉看。她剛到家，連外套都還沒脫下，又出去找秋葉。

秋葉在高級住宅區詹姆斯山附近的玻璃工房工作。博子到的時候，他的同事們已經離開了，除了秋葉，還有留下來整理的助手鈴美。秋葉邊哼著松田聖子的〈青色珊瑚礁〉，邊轉著一根長管子。

「差點就錯過了！博子，我也正要回去呢。」

對博子的突然來訪，感到訝異的秋葉雖然這麼說，可是接下來，博子等了很久，他的工作都還沒結束。

雖然秋葉自稱是玻璃創作者，平常卻忙著幫客戶生產杯子或花瓶，幾乎沒有時間創作自己的作品。

「再等一會兒，還剩十個。」

秋葉一邊轉著前端像是黏著麥芽糖般玻璃的長管，一邊對博子說。

「沒關係，你慢慢來。」

博子端詳著已經做好的玻璃杯打發時間。那些都是沒什麼特別、隨處可見的杯子。

「和以前一樣，只能做些無聊的東西。」

秋葉沒有停下手邊的工作說著。

「學生時代真好，可以隨心所欲地創作自己喜歡的作品。」

博子知道他在學生時代有學生時代必須應付的功課，也抱怨過除非成為專業創作者，不然做不出真正滿意的作品。

「老師，那我先走了。」

鈴美不知何時已經準備下班了。

「噢。」

「博子小姐，我先走了。」

「慢走。」

鈴美走了之後，秋葉轉過頭來，給了博子一個會意的微笑。

「怎麼了？」

博子歪著頭假裝不懂。這是只有他們兩人才懂的暗號。

「有什麼好事嗎？」

「什麼？」

「看你的表情就知道了。」

「是嗎？」

博子對此含糊其詞，繞到秋葉身後，坐在屋子角落的椅子上。

「我們去掃墓了。」

「半夜嗎？」

「咦？你怎麼知道？」

「聽學弟他們說的。」

「……原來如此。」

「怎麼樣？」

「掃墓嗎？」

「嗯。」

「這個問題該怎麼回答呢？說不錯，也很奇怪。」

「是啊，說得也是。」

「不過，嗯，一言難盡啦！」

秋葉又繼續工作，突然像是想起了什麼，轉頭看著博子。

「？」

博子歪著頭，秋葉嘿嘿地笑了。

「怎麼了？」
「這是我想問你的，發生了什麼事？」
「為什麼這麼問？」
「因為你都寫在臉上了。」
「有嗎？」
秋葉微笑著點點頭。
工作告一段落時，博子給秋葉看了信。
「我寫了一封信給他，還收到了回信。」
即便這樣說，秋葉也無法理解。
「怎麼回事？」
博子把事情的經過從頭解釋給秋葉聽。在他家看到了畢業紀念冊，在上面發現他以前的住址，寫了一封信給他，然後收到這封回信。
「不可思議吶！」
「不過，應該是某人的惡作劇吧？」

「也許吧。」
「無聊，竟然有人這麼閒。」
「但我挺開心的。」
博子看起來十分開心，可是秋葉卻露出不解的表情。
「不過，博子，你幹嘛寄那種奇怪的信？」
「嗯？」
「還是……？」
「嗯？」
「你還是忘不了那傢伙？」
「秋葉呢？你已經忘了嗎？」
「怎麼可能！那你是怎麼看我和你的關係？」
「……嗯。」
「說啊！博子。」
秋葉故意裝出嚴肅的表情，慢慢靠近博子。博子不由得輕輕發出的哀求聲。

「啊。」

「不是『啊』就算了吧？」

「啊、啊。」

「我可是很認真在跟你說。」

「你這樣問我，我『嗯災』啦！」

「你在沒輒的時候，就開始說關西腔啊！」

博子羞怯地笑著。冷不防地，秋葉的唇捕捉到她的唇。博子猶豫了一下，還是回應了他的吻。

在他去世後的這兩年，博子與秋葉的距離不知不覺已經如此靠近。然而，幾次接吻時，博子卻常覺得那個人不是自己。越過他的肩膀，可以看見窯裡紅色的火焰，博子茫然地想，兩頰發燙或許是因為火焰的緣故。

打斷兩個人的是助手鈴美。鈴美因忘了東西而折返，卻撞見了意想不到的場面，呆站在門口。

「啊……是你啊！怎麼了？」

秋葉大聲問。

「啊，忘了東西回來拿……」

鈴美卻一臉不知所措。

「忘了什麼？」

「不……沒關係。我先走了。」

鈴美就這樣離開了。

「糟糕，被她看見了。」

「怎麼辦？」

「沒辦法了，這下既然成為事實，就認了吧！」

「真糟糕，一定要阻止鈴美說出去。」

秋葉對著繼續閃避問題的博子說：

「掃墓時，我求過他了。」

秋葉的眼神很認真。

「請他讓我和你結婚。」

博子不知道該怎樣回答他。

「夠了，該讓他自由吧！」

「……」

「你也該自由了。」

「……」

博子的視線落在信上，一句話也答不出來。

藤井樹君：

感冒怎麼樣了？

要保重身體，祝你早日康復。

渡邊博子

博子寫了這封信，然後再寄往那個地址，信裡還附上感冒藥。對方一定會嚇一跳吧。博子在心裡竊笑。

幾天後，收到了回信。

渡邊博子小姐：

謝謝你的感冒藥。

只是，恕我失禮，你是哪裡的渡邊小姐呢？

不管我怎麼回想都沒有印象。

請告訴我。

藤井樹

這個假冒藤井樹的騙子，竟然大言不慚地要我自我介紹。

「怎麼辦呢？」

博子雖然這麼說，心中卻莫名地感到歡喜。彼此竟然成了沒見過面的的筆友。不管怎樣，這個人都是在天國裡的他所牽的線，一定是個好人。

博子很感謝他和上天賜給她的這段奇妙緣分。

不過，到底是什麼樣的人呢？一點也猜不透。博子想起來，以前在電視劇裡見過這樣的故事：沒見過面的筆友其實是個老人。博子對寫這封信的人的容貌作了種種猜測：是老爺爺？還是老奶奶？普通的上班族？說不定還是個小學生呢！「你是哪裡的渡邊小姐呢？」對方裝傻說這種話，完全把自己當成了藤井樹，就是對這遊戲樂在其中的證據。會喜歡做這種事的年紀，應該是個學生。如果意外地是個中年大學教授，也很不錯，博子沉浸在自己異想天開的世界中。

她再度把信拿去給秋葉看。

「寄了感冒藥？博子真體貼啊！」

秋葉說著便大笑起來，把信還給博子。他對這封信的興趣僅限於此。

「欸，回信該怎麼寫呀？」

「啊？回信？博子還打算回信？」

「嗯。」

「哪裡有趣啊？你們兩個都是閒人！」

借助秋葉的智慧，博子完成了第三封信。不如說，這封信根本就是秋葉寫的。

藤井樹君：

你已經把我忘了嗎？

真過分！太失禮了！

我不會告訴你的，你自己想吧。

不過，給你一點提示。

我還是單身。

渡邊博子

博子看了這封信的內容，眉頭皺了起來。

「這怎麼能寄啊？」

「有什麼關係！這傢伙把自己當成了藤井樹。寫這樣的內容給冒牌藤井樹剛剛好啊！」

即便這樣，博子還是不想把這種有失風度的信寄出去。她腦海裡出現了中年大學教授看到這封信時失望的樣子。

博子假裝把這封信裝在信封裡，後來卻偷偷地重寫了一封。她下意識地把對方當成了中年大學教授，寫得有點嚴肅。

藤井樹君：

感冒痊癒了嗎？

今天我在回家途中，看到坡道上的櫻花含苞待放。

這裡的春天即將來臨。

渡邊博子

現在開始可能變成真正的通信了。博子內心充滿期待，她很久沒有感受這種坦率而雀躍的心情。
然而，對方的回信卻不是博子所預期的內容。

渡邊博子小姐：
我真的不認識你。
我沒去過神戶，也沒有親戚或朋友住在那邊。
你真的認識我嗎？

藤井樹

「這封信好像有點認真了。」
秋葉看了信說。
「是啊！」
「這是怎麼回事？」
「可是，對方如果是認真的，我該怎麼辦？」

「說是認真，是怎麼樣的認真呢？」

秋葉這麼一說，博子不知如何回答。的確，她也不是沒想過，對方會認真到什麼樣的程度。

秋葉又看了一遍信，然後他發現了一件事。

「這傢伙是個女人！」

「什麼？」

「你看，這裡。」

秋葉說著，用手指著其中一行，是那句「你真的認識我嗎？」

「這裡用了女性用的『我』[2]字。」

「……真的耶！」

「或者，這個人以為藤井樹是女的，不是也有女人的名字叫做『樹』的嗎？」

2 原文使用「あたし」，為日語裡女性的自稱。

「嗯……」

「事情變得有點複雜了。」

「嗯。」

「是什麼樣的人呢？」

秋葉盯著信看，很認真地思考。博子也一起思索，卻理不出任何頭緒。

這時，秋葉問出了一個奇怪的問題。

「不過，這封信是怎麼寄到這傢伙手上的？」

「什麼？」

「不覺得很奇怪嗎？」

「……什麼奇怪啊？」

「我們的信確實寄到了，也的確收到了回信，對吧？」

「是啊。」

「但你說過，那個地址已經沒人住了。」

「嗯，據說變成國道了。」

「難道這傢伙住在國道上？」

「怎麼可能？」

「不是嗎？」

「……嗯。」

「到底是怎麼回事啊？」

「到底是怎麼回事呢？」

於是，秋葉就從不可能的地方開始推論。

「假設這傢伙真的住在國道中央怎麼辦？」

「什麼？」

「只是假設而已。在中央分隔島上有一間小屋，而那個人就住在裡面。」

「是假設？」

「是啊，雖然實際上是不可能的，但還是可以這樣假設。」

「嗯。」

「郵差把寄到那個地址的信帶去那邊，但肯定不會把信交給那傢伙。」

「是呀。」
「為什麼呢？」
「什麼？」
「為什麼不交給她？」
「因為不可以隨便住在國道上。」
「不是啦，這只是一種假設。」
「？」
博子不太明白秋葉的意思。
「那這麼說吧，假設國道不存在好了。」
「為什麼沒有國道？這是猜謎嗎？」
「隨你怎麼說，就當做猜謎好了。沒有國道，所以藤井家的舊房子還在，有新的住戶住在那裡，然後郵差送信到那裡。這樣的話，信能寄到嗎？」
「嗯，那樣應該能寄到啊。」
「……」

「寄不到嗎？」
「你說呢？」
「那，寄不到。」
「真的？」
「啊！還是能寄到。」
「答錯！寄不到。」
「咦？為什麼？」
讓博子上了當，秋葉得意洋洋地露出笑容。
「不明白了吧？」
「嗯……不知道。」
「不可能寄到啊！因為收件人名字不一樣啊。就算住址沒錯，收件人名字不對，還是寄不到。」
「……是嗎？」
「是呀。就算送到了那個地址，門牌上的名字對不上的話，郵差也不會把信放進信箱裡去的。」

「原來如此。」

「就算國道也一樣。」

「什麼？為什麼？」

「不管住在哪裡，只要收件人名字不一樣，信就永遠到不了這傢伙手裡，就好比阿基里斯與烏龜的賽跑。這麼說好像不恰當？」

「？」

「總之，到底是透過什麼途徑和對方書信往來，才是關鍵所在。」

「不過也有可能是郵差誤投入信箱裡吧？」

「的確有這種可能。」

「是吧。」

「但郵差不會一而再、再而三地弄錯吧？」

「……說得也是。」

「莫非這傢伙真叫這個名字？」

「什麼？」

「也就是說，這傢伙真的叫藤井樹？」

博子怎麼也無法相信會有這種事，覺得秋葉一定是因為被困在自己的推理中，所以想出了這種自圓其說的說法。

「……不過，就算是巧合，也實在太巧了吧。」

「就是啊！」

「可是，除非她叫藤井樹這個名字，否則信是寄不到的，這是事實吧？」

「嗯……」

博子試圖整理已經亂成一團的思緒。

若安代所說的沒錯，那個地址應該變成國道了，根本不存在。然而，信卻安然無恙地寄到了，而且還確確實實地收到了回信。就算這是某個人的惡作劇，按照秋葉的推論，那個人一定是姓藤井。不過，在藤井家住過的地方，住著一個同名同姓的藤井樹，會有這種巧合嗎？而且對方還住在國道上。

「簡單來說，這是不可能發生的事吧？」

「沒錯，可是，你們確實你來我往地通信，這不也是事實嗎？」

「……喂！」

博子說。

秋葉看著有點茫然的博子。

「信應該是他寫的。」

「博子……」

「這樣不就合情合理了？」

「這哪叫合情合理！」

「可是帶給我夢想。」

「確實是帶給你夢想。」

「是啊。」

「才不是這樣，博子！」

秋葉有點生氣。博子不知自己說了什麼惹惱他的話，不禁縮起了身子。

「算了算了，博子，你要這樣想也可以，我會靠自己盡力搞清楚真相的。」

然後，秋葉說要當作重要的證據，沒收了博子的信。

4

我該怎麼辦啊？

藤井樹君：

感冒怎麼樣了？

要保重身體，祝你早日康復。

渡邊博子

這是渡邊博子寄來的第二封信。她甚至還鄭重其事地把顆粒狀的感冒藥裝在信封裡一併寄來。我可不是那種會放心吃下陌生人寄來的藥物的人。儘管如此，愈是覺得害怕，就愈想要試試看，這就是人性的弱點。在動這個念頭之前，我把感冒藥扔進垃圾桶裡，接著再次研究那封信。

對方好像跟我很熟。那種說話的方式，好像以為我只要一看信就會明白。難道真的是我忘記了對方？

渡邊博子小姐：

謝謝你的感冒藥。

只是，恕我失禮，你是哪裡的渡邊小姐呢？

不管我怎麼回想都沒有印象。

請告訴我。

藤井樹

我就寫了這些，不管三七二十一寄了出去。然而，幾天後，她的回信根本沒理會我的問題。

藤井樹君：

感冒痊癒了嗎？

今天我在回家途中，看到坡道上的櫻花含苞待放。

這裡的春天即將來臨。

渡邊博子

果然有不祥的感覺。

只要提到櫻花或春天，就是危險將至的訊號。據說，不知哪任的圖書館館長，有一天看著櫻花說：「又快到大波斯菊開花的季節了。」不久就住院了。這是我到這裡上班之前發生的事。在更早之前，媽媽還是學生時，同年級的一個同學在便當裡裝了好多櫻花花瓣帶到學校來。那個把櫻花花瓣當飯吃得津津有味的同學，聽說就是個剛出院的人。櫻花往往會讓人聯想到這類事情。

莫名其妙的信、感冒藥，還有櫻花以及春天的氣氛，我覺得所有不祥的條件都具備了。

我把這件事告訴了「老大」。

「原來如此。」

「老大」喃喃說道，然後她引用了梶井基次郎[3]小說裡的情節。

「梶井基次郎的短篇小說裡，有在櫻花樹下埋屍體的故事。」

「有、有！」

「還有安吾[4]的《櫻之森》。」

「《櫻之森》啊，那也很瘋狂呢！」

「那傢伙真的是瘋了啊！」

---

3 小說家，代表作有《檸檬》、《冬之蠅》等。

4 坂口安吾，與太宰治等人一同被稱為「無賴派」作家。代表作為《白癡》。

「你也這麼認為？」
「嗯，徹底瘋了，大概真的是個瘋子。」
「我該怎麼辦？」
「嗯……不管怎樣，繼續拒絕她。」
「怎麼做？」
「不知道。不過要是不理她，她會一直寫信來的。」
「什麼？一直寫來？」
「就是永遠啊，到死為止。」
「不會吧？不要啊！」
「那種人不會懂得適可而止的。」
「你別開玩笑了！」
我重重地嘆了口氣。
「哈哈哈……」
「老大」突然笑了起來。我不知有什麼好笑的，回頭一看，她卻又若無其事地繼續把書上架。

在瘋狂這一點上，「老大」也到了相當可怕的程度。不過，在「老大」那番話的影響下，這幾封信更顯得事態嚴重。我開始不安起來。

我懷著向上天祈禱的心情寫了回信。

渡邊博子小姐：

我真的不認識你。

我沒去過神戶，也沒有親戚或朋友住在那邊。

你真的認識我嗎？

藤井樹

她的下一封回信是這樣的。

藤井樹君：

你是誰？

渡邊博子

我全身戰慄。

這個人是不是已經搞不清楚狀況了啊？我又去拜託「老大」。雖然很排斥去拜託她，但是我覺得只有同類才能互相理解。我把迄今為止收到的所有信都拿給「老大」看，詢問她的意見。

「老大」看信時，發現了一件令人震驚的事。

「這個人是多重人格者啊！」

「什麼？多重人格？是像『二十四個比利』[5]那樣？」

「對，就是『二十四個比利』。你看這裡。」

「老大」說著，讓我看最後那封寫著「你是誰」的信。

「只有這封信筆跡不一樣。」

「什麼？這是什麼意思？」

我比較了一下，的確如「老大」所言，只有那封信和其他的信筆跡不同。但我用非常簡單的常識提出反駁：

「應該是其他人寫的吧？」

「怎麼可能？你是說這些信不是一個人寫的？幾個人共謀寫了這些信？」

「……這我不知道。」

「若真是如此的話，那還真有趣。你沒被捲入什麼重大事件吧？」

「什麼？怎麼會？」

「像是碰巧知道了什麼機密情報？」

「怎麼可能？怎麼可能有這種事？」

5 美國重罪嫌犯威廉·密里根（William Milligan），因體內有多達二十四種人格而被判無罪。

「那就是這個人有多重人格。」

「為什麼這麼說?沒有其他的解釋嗎?」

「如果有的話，你就自己想啊!我還是堅持多重人格的說法。起因原本是你的信，不是你的信先提出『你是誰』這個問題的嗎?所以這個女人被你搞糊塗了，她原本不認識你，只不過誤以為認識你罷了。然而收到了你的信，她突然得面對現實，也就是你和她素昧平生的現實。被質問的她必須再次設法逃避現實，也就是說要徹底變成另外一個人，變成另外一個不認識你的人。」

對「老大」的假設，我不知道該相信到什麼程度。換句話說，這個「老大」的頭腦狀態可以讓人信賴到什麼程度，我覺得都還是個問題。總之，我決定先自己尋找答案。

只不過，在我還沒去找答案之前，下一封信又來了。那天，正好是快要痊癒的感冒再次復發，體溫計徘徊在三十七點五度左右的日子。

藤井樹君：

如果你是真的藤井樹，

請拿出證據給我看。

身份證或健保卡的影本也可以。

渡邊博子

大概是因為發燒的關係，我變得有些憤怒，希望她適可而止！我為什麼非要給這個來路不明的傢伙看身份證或健保卡？

雖然這麼想，但不知道為什麼，我還是放大影印了駕照。綾子看到我正在使用圖書館的影印機，露出驚訝的表情問我在做什麼。

「看了不就知道了嗎？我在影印駕照。」

「好像通緝犯的照片。」

綾子看了一眼影印出來的照片，嫌棄地說道。

「要你管！」

不用她說我也知道，影印機裡出來的Ａ３大小巨幅駕照，怎麼看都很怪。綾子問我：「不是還在發燒嗎？」又用手摸摸我的額頭，「你真的發燒了欸。」

然而，我對綾子的話，幾乎充耳不聞。

這就是證據。

請不要再寫信來了。

再見！

把放大的影本附在這封信之後，我把信投到附近的郵筒裡。不過，就在信掉到郵筒裡的瞬間，我在後悔的沉重打擊下，雙腿發軟不聽使喚。我怎麼會這麼輕易地把自己的身份告訴一個可能是精神異常的女人！於是我試著把手伸到郵筒裡，希望還來得及挽回，但手根本搆不到信！

「笨蛋！」

「老大」嘲笑我愚蠢的行為。

「你的身份，對方早就知道了，所以你才會收到這些信。」

她這麼一說，我才恍然大悟。今天大腦好像短路了。我敲了兩三下自己的腦袋，要自己振作，結果卻感到頭暈目眩，倒在地板上失去意識。因為失去意識，所以之後發生了什麼事，我完全不知道。

後來聽說，好像是同事開車先把我送到醫院，不過當我知道那是醫院時，就奮力抵抗，不肯下車。同事不得已只好送我回家。在家裡用體溫計一量，好像已經超過四十度。

接著，我一直陷在沉睡的深淵裡。

◎

那信封比往常來得重一些。

博子拆開信封，正在猜裡面裝了什麼，原來是放大成A3尺寸的駕照影本。

「你看，我的推理果然沒錯吧？還真的叫藤井樹啊！」

秋葉看了影本，不禁欣喜若狂，無意中脫口而出。

「作戰成功！」

「什麼？」

「其實，我也偷偷地寫了信給他，我寫了『你是誰？』『如果你是真的藤井樹，請拿出證據給我看。』」

博子說不出話來。

「別擔心，我寫得很客氣，確實地模仿博子的文筆寫的，不用擔心。」

「……」

「不過我沒想到會收到這麼明快的回覆，敵人也很有一套啊！」

「……」

「既然如此，博子，我們兩個去小樽一趟如何？」

「什麼？」

「說真的，我碰巧有事要到小樽。小樽是因玻璃製品而聞名的城市，我有個朋友在那兒，他們要辦展覽會，邀請我去參觀。我嫌麻煩，正猶豫要不要拒絕，不過你想想看，這不是一探那傢伙真面目的大好機會嗎？這也是天意啊！你不覺得嗎？」

「……」

「怎麼樣？我說這是一探敵人真面目的大好機會。」

「她不是敵人！」博子突然提高聲調。

「欸？」

「這不是遊戲！」

說到這兒，博子語帶哽咽。

「博子！」

「……太過分了！」

「……」

「這件事已經結束了，請你別再這麼做了。」

接著，博子給秋葉看了一併寄來的信。

這就是證據。

請不要再寫信來了。

再見！

秋葉這才發現自己做得太過分了，但為時已晚。

博子用手輕輕撫摸著放大影本上的照片。

「讓你很生氣吧？對不起！」

「……」

「有沒有吃那些感冒藥呢？」

「……」

「感冒已經好了吧？」

「對不起。」

「算了。」

「是我不好。」

「我說算了。」

一滴眼淚，滴在影本上。博子用指尖拭去。拭著拭著，眼淚又一滴一滴地落在影本上，博子又將淚水一一拭去。

「這是他寫的信，他寫給我的信。」

聽到這話，秋葉的臉色變了。

「怎麼能寄來這樣的信！」

秋葉把信揉成一團扔了出去。博子難以置信地看了他一眼，把信撿起來，放在膝上重新攤平。

「不可能是藤井，那傢伙怎麼可能寫信！」

博子驚訝地看著秋葉。

秋葉垂著頭，似乎在忍耐什麼。

「對不起……對不起。」

然後，沉重的靜寂籠罩了兩個人。

秋葉非常後悔，但不忍耐是不行的。他自己應該最清楚，自己如果不容忍，兩人的關係就會崩解。

「博子，一起去小樽看看吧？」

「什麼？」

「去小樽見見這個人吧？」

「……」

「事情都到這個地步，難道你不想見見本人嗎？」

「……」

「你不想見見和他同名同姓的人嗎？」

「……」

「如果覺得給對方造成困擾，心裡過意不去，就去道個歉也好。我也一起去道歉。」

「……」

「好不好？」

博子一邊擤著鼻子，把信折了起來，終於開口說話。

「我不要結束。」

「咦？」

「我不要再結束了。」

「……是呀。」

「……」

「去一趟小樽看看吧！」

博子輕輕地點了點頭。

5

已經過了最難受的時期，身體狀況卻仍然不見好轉。我昏昏沉沉地幫「老大」整理書庫，她無視於我的情況，指東指西地命令我工作。感冒如果拖得太久，就得不到別人的同情了。

「得了感冒，出出汗就好了。要是太過自我保護，反而好不了。」

「如果是這樣，好不了也無所謂。」

我抱著沉重的書提高了嗓音。

「我想過了，連感冒都能嚴重成這樣。看來，對社會人士來說，壓力才是百病的根源吧！」

「是這樣嗎？」

「你也是累積太多的壓力了。」

猛然一看，「老大」又在撕書了。

「消除壓力，這個最管用。」

「你做這種事，總有一天會遭報應的。」

「好痛！」

才剛說完，「老大」突然大叫一聲，手裡拿著的一本書「咚」的一聲掉在地板上。她按著手，看起來很痛的樣子。

「你看，說中了吧！」

然而，「老大」一動也不動地按著手。

「你沒事吧？」

「我覺得好痛……」

話一說完，「老大」看著自己的手，整個人呆住了。整個手掌都不見了，還滿是鮮血。

「啊！」

「老大」尖叫起來，一看地板上，剛掉落的那本書正「喀滋喀滋」地咬著斷掌。我根本不知道發生了什麼事，只是呆呆地站在那裡。「老大」一直拚命地瘋狂大叫。我發覺旁邊有什麼東西在動，猛然看了一眼自己的手腕，發現手上抱著的書，最上面那本正張大了嘴巴要咬我的手腕，從那張大的嘴巴裡可以看到無數的牙齒排成好幾列。我慌忙地想甩掉那本書，身體卻像被緊緊地綁住一樣，動彈不得。連想「完蛋了」的時間都沒有，書早已像蛇一樣纏住了我的手腕。

「啊啊啊……」

這當然是個夢。我睜開眼睛，汗流浹背，明知道是夢，還是確認了一下手掌還在，才鬆了一口氣。

從圖書館被送回來以後，直到剛才，我都昏睡不醒。以為不過睡了半天，沒想到已經過了一天半。

聽到我的喊叫聲，媽媽跑過來。

「多虧這場感冒，好像治好了我的失眠。」

聽到我的強詞奪理，媽媽愣了一下，然後「啪」地打在我的額頭上。

「你怎麼這樣對待病人？」

「既然是病人，就拜託你去醫院。」

「盧梭說過，懼怕疾病與痛苦是人的弱點。」

「……好像還沒退燒。」

媽媽把濕答答的毛巾敷在我剛剛被她打過的額頭上，就走出房間。

「等一下……」

毛巾滲出來的水一直流到脖子，但我卻沒有力氣對付它。

「等等……水一直滴……媽媽！」

第二天傍晚，綾子和阿綠來探望我。

她們兩個把我這個病人丟在一旁只顧著聊天，還吃光了買給我的蛋糕。

如果是平常，這個香草蛋糕的香味早就讓我飛奔過去，但今天卻完全沒有胃口。綾子喝茶潤了潤喉嚨，想起了什麼似的，回頭看著我。

「對了，『老大』要我們問候你。」

「是嗎？」

「她今天在書庫裡受傷了。」

「手腕？」

「你怎麼知道？」

我想，這恐怕也是個夢吧，但卻還是搞不清楚是怎麼回事。

「『老大』果真是個怪人。今天大家商量著帶什麼來看望阿樹時，你猜她說帶什麼？」

「什麼？」

「猜猜看啊！」

「……不知道。」

「蝮蛇酒，而且是把一條真的蝮蛇捲成一圈一圈，浸泡在瓶子裡的那種。」

突然一陣毛骨悚然，我從床上跳了起來。

「她真的不正常。」

「很奇怪吧？」

綾子和阿綠也「奇怪」、「很怪」地附和著。

「……對了……你們在說什麼奇怪啊？」

我說著，轉頭一看，兩人已經不知去向。從遺留下來的蛋糕殘渣看來，應該不是做夢吧！可能是我不知何時睡著，兩人就悄悄地走了。房間裡籠罩著淡淡的黑暗，我因想喝水而往枕邊一看，有一封信和水瓶、藥瓶放在一起。那已經很熟悉的信封是渡邊博子寄來的。

於是我看了那封信。

藤井樹君：

謝謝你的來信。

下個月我要去小樽。

你有時間嗎？

已經幾年沒見了呢？能見到阿樹，真讓人期待。
你的髮型變了嗎？
到了之後我再打電話給你。

渡邊博子

「博子要來了。」
我很開心地回信給她。

渡邊博子小姐：
真是好久不見了。
你會在這裡待多久呢？
如果不介意，就住在我家吧！我有好多話要對你說。
我覺得只有一、兩個晚上是絕對不夠的。

寫到這裡，我就醒來了。已經是半夜了，我渾身被汗濕透。到底從哪個部分開始是夢呢？

我真的搞不清楚了。

我起床下樓去上廁所。上完廁所，正要上樓，媽媽探出頭來。

「沒事吧？」

「嗯，現在還好，最後一回合了。」

「你在說什麼啊？不是又流了很多汗嗎？快去換件睡衣。」

「嗯。」

我搖搖晃晃地走上樓，回到房間，從衣櫃裡拿出新的睡衣，想把手套進袖子，但是太暗了，找不到袖子在哪兒。我就這樣把睡衣套在頭上，打開檯燈。當我探出頭找袖子時，發現桌上有一件奇怪的東西。

那是一瓶一升裝的蝮蛇酒，裡面泡著一條很大的蝮蛇。

就這樣，我又醒來了。

我遊走在半夢半醒的邊緣，迎接清晨的到來。即使坐在餐桌前面對著眼前的稀飯，總覺得自己仍處於半夢半醒的狀態。

「早安！」

一大早，門口就傳來了很有精神的聲音。

「阿部粕姑丈？」

「是，我們要一起去看新房子。」

「啊，太好了！我也想去。」

「胡說什麼！你是病人啊。」

「看看房子又沒關係。」

媽媽不理我，逕自走出房間，旋即又轉過頭問我：

「你可以馬上準備好嗎？」

我急忙換了衣服。

阿部粕是已過世的爸爸的妹夫，經營房屋仲介公司。以前只要一提起換房子，這個人肯定會出現。如果不是因為換房子這件事，他和姑姑也不可能結婚。所以兩人相識也是因為這間房子的關係。因為這個原因，阿部粕曾經大言不慚地說，我們家搬家的事就是他畢生的工作。雖然爺爺責問他，是不是打算毀掉帶給他姻緣的房子，阿部粕姑丈則是反駁說，即使要毀掉，也要毀在自己手裡。

因此，爺爺就一直很討厭這個女婿。

正在院子裡修剪花草樹木的爺爺，不滿地瞪著我們三個走出大門。他心裡一定想：你們這些叛徒！

「爺爺還是反對嗎？」

阿部粕姑丈邊開車邊說。

「因為他從一大早就在翻土，不知道種了什麼東西下去，畢竟是住了那麼久的房子了，應該會依依不捨吧。」

「阿部粕姑丈，沒想到缺德的房屋仲介公司也會說出這種話。」

「又來了，阿樹，誰是缺德的房屋仲介公司？」

「不過也不能陪著老人家一直念舊吧？你不是說再過五年，屋頂就要塌了嗎？」媽媽說。

「這是千真萬確的。老實說，現在這種狀態，你們竟然還能安穩地住在那裡。」

「沒必要講得這麼白。」

「啊，不是啦，只是打個比方而已……哈哈哈哈哈！」

狒狒般的笑聲，迴盪在狹窄的車子裡。

「不過，如果大舅子還健在，也會想辦法處理這房子的。這房子已經有六十年了吧？戰前蓋的吧？過去的建築，蓋的時候太過精細，現在重新蓋一棟還比修繕便宜呢！」

這話我已經聽過幾百遍了。

姑且不說這些，車裡的暖氣也開得太熱了，我還用從家裡帶出來的毛毯把自己裹得像隻蓑蛾。

「啊，有點熱。」

我說著，打算把毛毯掀開，媽媽從副駕駛座上回頭瞪了我一眼。

「給我好好蓋著！」

我對這種命令向來都是左耳進右耳出，不過今天為了看房子，只得老老實實地照她說的去做。

阿部粕姑丈插嘴說：

「阿樹，可別小看感冒喲，你知道麻里莫電器行嗎？」

「丸商公司對面那家？」

「沒錯，那兒的老闆是我們的大客戶，前不久得了感冒，一直好不了。他是那種平常幾乎不會感冒的人，就是所謂百病不侵的那種人，誰知道這種人生起病才危險，不知道為什麼突然就變得很嚴重……聽說是肺炎。」

「死了嗎？」

「怎麼可能！肺炎死不了的。好像在醫院住了差不多一個月。」

「我爸爸不就是得肺炎死的嗎？」

「是嗎？大舅子是肺炎嗎？」

媽媽冷冷地看著他。

「你已經忘了？」

「怎麼會？我可沒忘。」

「你這個人，怎麼說他也是你老婆的大哥啊！」

「我說我沒忘！」

「反正死掉的人，會被大家都忘記。」

「大嫂……」

阿部粕姑丈被窮追猛打地顯得有點反常，我不由得笑了出來。不過，就在我笑出來之前，媽媽說了一句話，讓我的笑聲變得很尷尬。

「居然有這種父親死於感冒還完全不知警惕的女兒。」

「噗哧……」

媽媽回頭問：

「有什麼不對嗎？」

因為沒必要解釋，於是我默不作聲。

「哈哈哈！」

表情僵硬的狒狒用笑聲填補了那段沉默。本來應該先去看房子，車卻開到了市中心的紅十字醫院。簡單來說，我上當了。

「你沒想到一山還有一山高吧！」

媽媽丟下這句討人厭的話，就和阿部粕姑丈看房子去了。

我到底多少年沒來過醫院了？雖然不太確定，不過，國中三年級以後，我就沒踏進過這個紅十字醫院。

我怎麼可能忘記！爸爸就是在這家醫院嚥下最後一口氣的。一想到這件事，就能理解媽媽突然把我丟在這裡，且要我待在這個地方，並不是件容易的事。而且對於大家公認討厭醫院的我來說，這裡正是會造成我心靈受創的地方。然而，媽媽卻完全缺乏這種感性，連治療鼻塞這種小毛病，她也能毫不在乎地來這裡看醫生。相反地，有時不過因為連續劇裡出現有人病逝的場面，她就熱淚盈眶地不敢看，便把電視關了。而我就沒有那種感性。

爸爸的驟逝，並沒有帶給當時的我應有的悲傷，我甚至不記得自己哭過。有生以來第一次面對親人的死亡，當我還在思考「這到底是怎麼回事」

的時候，好像一切就這麼結束了。之後，只留下一種沉重、黯淡、莫名其妙的落寞印象。

醫院特有的味道毫不留情地刺激著當時的記憶，於是我的心情完全陷入沉重、黯淡和莫名其妙的落寞裡。候診室書架上的那套《海螺小姐》漫畫，和當時一樣從第一集開始排成一排。我隨便抽出一本，坐在長椅上。

我的候診號碼在液晶顯示板最後的位置閃著，卻一直不向前移動。在這段時間，我已經讀完了五本《海螺小姐》。看膩了《海螺小姐》，就換成《週刊新潮》，不過裡面沒什麼好看的，我胡亂地翻著，不知不覺開始打瞌睡。

在這短暫時間裡，我做了一個夢，夢裡是國中時代的我、媽媽，還有爺爺。我在路上發現了一個結冰的大水窪，就助跑幾步，順勢滑過去。

「很危險啊！」

身後傳來媽媽的叫聲。

這或許不能說是夢。因為這是現實中發生過的事，是爸爸去世那天，從醫院回來的路上發生的情景。我可能是在朦朧的睡夢中才想起了這件事。

「藤井小姐！」

突然的叫喚聲把我拉回現實。

「藤井樹小姐！」

「是！」

在我還沒完全清醒過來的腦子裡，有人和我一起應了一聲「是」。

（咦？剛剛的……）

我覺得很不可思議，在我的腦海裡浮現了一個少年的身影，那個身穿學生制服的少年正用一種凜然的目光注視著我。

◎

小樽是北方的一個小小港口城市，道路兩旁排列著很多保持原貌的古老建築。正如秋葉所說，其中有幾家相鄰的玻璃工藝品店。

秋葉帶博子去了朋友的玻璃工房。秋葉向她說明，那家工房比自己的工房更大而且更氣派。

「這些都是為了觀光客而規畫的吧？」

的確，這裡還設計了觀光客專用的通道。

秋葉的朋友是個大塊頭男人，用「豪邁」來形容再合適不過。博子覺得這樣的男人從事玻璃這種細緻的工藝，實在有點不相稱。

「這是吉田！」

「請多指教！」

吉田向博子伸出了讓人望而生畏的毛茸茸大手。握上去很粗糙，感覺和秋葉的手有點像。可能這就是玻璃工匠的手吧！吉田問秋葉：「是你的女朋友嗎？」

「藤井原本的未婚妻。」

「什麼？噢，是這樣啊！」

吉田有點訝異。

「你認識他嗎？」

「我們是同一所大學的。」秋葉說。

「因為學校很小，所以大家都是好朋友。」

「……這樣啊。」

「對了，吉田，展覽會在哪兒舉辦？」

「哈哈哈哈！可沒有展覽會那麼大場面。」

本來還以為他是謙虛，事實上，比他的謙虛更誇張，兩人被帶到一樓的店面裡，還在想展覽會到底在哪兒，原來不過是在一塊榻榻米大小的地方，擺放著十個左右的的花瓶，這就是展覽會了。的確，旁邊貼了一張寫著「小樽新銳藝術家五人聯展」的海報。

「就是這個？」

「哈哈哈哈！」

「專程把我從神戶叫來，就只有這些？吉田，你這是詐欺！」

「哈哈哈！如果一開始說實話，你就不會來了。好了，晚上請你喝好酒，向你賠罪吧！」

吉田說著，拍拍秋葉的肩膀。

那天晚上，吉田和那些夥伴們一起在當地的居酒屋聚會，談的全是些關於玻璃的話題，博子只能在一旁聽著。

「藤井樹？知道啊！」

博子突然側耳傾聽。這才發現已經聊到這個話題了。

「什麼？真的？」

秋葉興奮地反問。

「嗯，小學時我們同年級，經常一起玩。」

吉田的夥伴，一個叫大友的男人這樣說。

「這地方實在太小了。」

吉田也深有同感地說道。

「那傢伙的家在哪邊？」

秋葉問。

「怎麼了？」

「有個叫錢函的地方，是在那邊吧？」

「不是錢函。他住的地方叫奧塔摩。」

「奧塔摩？」

難道這個聽起來很陌生的地方是他從前的住址？兩人請大友第二天帶他們去那個地方。

一到那裡，大友立刻大叫。

「對了，這裡在建修五號國道時就已經拆了。」

正如安代所言，國道五號線橫貫眼前的土地。即便如此，三人仍搜尋著他家曾經所在的位置。

「應該就在這裡。」

大友對照著周圍的環境，指著一個地方。果然是馬路中央。

往來穿梭的車輛都用不解的眼光看著站在馬路中央盯著地面看的這三個人。

「連小屋也沒有。」

秋葉對博子耳語，又問大友：

「你認識和那傢伙同名同姓的人嗎，都叫藤井的？」

「藤井？這我就不知道了。」

「大友也是讀色內中學嗎？」

「不是，校區不一樣，我上的是長橋中學。」

「這樣啊！」

無論如何，證明了安代說得沒錯。那個地址果然不是阿樹的家。

秋葉回過頭，看見博子一直盯著腳底下。

「怎麼了？」

「我……」

博子只是低頭苦笑。

「嗯？」

「第一封信，就是寄到這裡的。」

博子指著路面。

6

兩人向大友道謝之後便離開，接著攔了一輛計程車，目的地是那封信上的地址。

「請到錢函二丁目二十四番地。」

秋葉對司機說。

「你們是從大阪來的嗎？」

「不，是從神戶。」

「是嗎，大阪和神戶的口音不一樣嗎？」

「是啊。」

在秋葉和司機聊天時，博子眺望窗外的風景。她覺得這裡和神戶有點相似，或許是因為有很多坡道的關係吧？博子胡思亂想著，內心十分緊張。心裡根本沒有做好和那個女孩見面的準備。

「喂！」

「嗯？」

「見了面要說什麼好呢？」

「是啊，要說什麼好呢？」

秋葉一副漫不經心的樣子。不知不覺，一下子就到了目的地附近。

「就這附近嗎？」司機問。

「欸？是這附近嗎？」秋葉反問。

兩人在那邊下車。那一帶的住家很少，原本他們打算從最近的那一家開始找起，沒想到第一家就是他們要找的地址。門牌上清清楚楚寫著「藤井」。這是一幢有北海道風格、古樸可愛的洋房。

「真的有耶！」

「怎麼辦？」

博子無法抑制住內心的不安。

「我們是旅行者，不是有句話說旅行的丟臉只是一時而已嗎？」

說著，秋葉迅速地走進房子的大門。

「有人在家嗎？」

一位老人從院子裡走了出來，秋葉低頭深深一鞠躬，向老人打招呼。

博子也趕緊小聲問好。不過，因為博子站的位置，對方並沒有看見她。

「請問，這裡是藤井樹小姐的家嗎？」

「是的。」

「那阿樹在家嗎？」

「不在。」

「哦，這樣啊！」

「你是她的朋友嗎？」

「不，嗯……也算是吧。」

「我想她快回來了。」

「她去哪兒了？」

老人突然臉色大變。

「不知道，這家人什麼都不跟我說！」

「……噢，是嗎？」

「隨便他們想去哪裡都好，我要一直待在這裡！」

「什麼？」

老人無視於秋葉的存在，打算朝庭院走去，秋葉喊住他。

「那個……」

「？」

老人回過頭來。

「你們一直住在這裡嗎？」

「是啊。」

「從什麼時候開始？」

「很久以前。」

「超過十年了嗎？」

「還要更早，大概是昭和初期吧。」

「竟然住這麼久了！」

「為什麼問這些？」

「沒什麼，因為你們的房子很漂亮。」

「你到底是誰？」

「欸？」

出乎意料地，老人起了戒心。

「房屋仲介公司？」

「不、不，我不是。」

「阿部粕的同事？」

「阿部粕？那是誰啊？」

「……我弄錯了嗎？」

「……」

老人用難看的臉色盯著秋葉看了一會兒，嘴裡嘟囔著，就消失在院子那頭。秋葉終於鬆了一口氣。

「這老人是怎麼回事啊？」

說著，秋葉走到博子身邊。

「看來，真的有一個叫藤井樹的女孩。」

「我聽見了。」

「是嗎，聽說她快回來了，怎麼辦？我們在這附近等嗎？」

但博子還沒有和對方見面的勇氣，不過既然已經來到這裡，也沒有理由回去。

兩人在門外等她回來。博子利用這段時間寫了封信，一方面也是為了整理自己的情緒。而且，如果信寫完了，她還沒回來的話，博子打算把信投進信箱後就離開。

藤井樹君：

你好。

為了來見你，也為了來向你道歉，我來到了小樽。

現在這封信是在你家門口寫的。

我認識的藤井樹好像不是你。

今天，我來到這裡，一切才真相大白。

我的藤井樹是男的，他是我以前的戀人。

最近，我偶然發現了他從前的地址。

我明知寄不到卻還是寫了那封信，就是最初的那一封信。

他在兩年前……

博子停下筆，把剛寫下的「他在兩年前」那部分畫了幾條線，塗掉了。

接著她在塗掉的句子後面繼續寫著。

我不知道他現在人在哪裡、在做什麼。
但即使到了現在，我還是時常想起他。
想著他在某個地方，過得好不好。
我懷著這樣的心情寫了那封信。
要是那封信無法投遞就好了。
我沒想到，那封信竟然寄到了同名同姓的你的手裡。
給你帶來麻煩，真的很抱歉。
我絕無惡意。
我很想見你一面，卻又沒有和你見面的勇氣。
因為我們只是用書信往來。
請允許我用這封信向你道別。

渡邊博子

博子一抬頭，發現秋葉正在偷看她。

博子不好意思地邊遮掩邊把信折好，再裝進信封裡。

向四處張望了一下，她還沒有回來。

「我們走吧！」

博子說。

「不等了嗎？」

「嗯。」

博子說著，把信投進信箱。這時，遠處傳來了摩托車的聲音。回頭一看，原來是郵差，他笑嘻嘻地騎了過來。

博子不知為何向他點了點頭。

「嗨，你的信！」

「啊……」

郵差直接將信遞給博子，然後轉過身，驚訝地瞪著秋葉。

接著，當他跨上摩托車，好像又想起了什麼似的，回頭「啊」地叫了一聲。

「對了！」

郵差對著博子說。

「什麼？」

「……算了，下次再說吧。」

說完，郵差就離開了。

「大概認錯人了吧？」

秋葉說道。

「嗯……」

「小樽的人都怪怪的。」

回去的路上，一輛計程車迎面而來，但卻載著客人。

「反正是個小城鎮，馬上就到繁華的市區了。」

兩人不得已，只得繼續往前走。

「喂……」

秋葉說。

「你剛才寫的信……」

「嗯？」

「……為什麼撒謊？」

「嗯？」

「他已經死了的事情。」

「……」

「你沒寫吧？」

「……」

「為什麼？」

「我也不知道為什麼……解釋很麻煩吧！」

「解釋很麻煩嗎……或許吧。」

身後突然傳來汽車喇叭聲，兩人嚇了一跳。回頭一看，一輛計程車停在那裡。有點眼熟的司機從車窗探出頭來，原來是載他們過來的那輛計程車。

「哇，真是幸運！」

兩人上了車。司機也對這巧合覺得很開心。

「你們剛剛在那個上坡攔車吧？所以客人下車後，我趕緊掉頭過來。」

「是嗎？真高興啊！」

「請問要去哪兒？」

「什麼？噢！去哪兒呢？」

博子突然注意到後照鏡裡司機的眼神。

「嗯？」

注意到博子正看著自己，司機不好意思地說：

「啊，你和剛才搭車的那位客人長得好像啊！」

「什麼？我？」

秋葉故意裝傻地問。

「不是，是旁邊的那位小姐。」

「她？」

「真的很像，是不是姊妹啊？」

博子搖了搖手。

「怎麼可能，我第一次來小樽。」

「啊，是嗎？那就是剛好長得像吧！」

司機邊說著，又透過後照鏡看了博子好幾眼。博子窘迫地苦笑，然後把視線轉向窗外。突然，她大喊一聲。

「啊！請停一下。」

於是計程車停在了一所學校門口。

「怎麼了？」

「這所學校……」

兩個人在那裡下了車。

校門上寫著「小樽市立色內中學」，在他的畢業紀念冊上看到的中學就是這裡。

操場上一個人也沒有。

「現在是春假吧？」

「是呀。」

接著，兩人在學校裡探訪。這是他上的第一所中學。校舍結構和其他學校都差不多，兩人按照對各自的學校的印象，在這所學校裡轉來轉去。

「被發現的話，會被罵的。」

儘管這麼說，兩人還是潛入校舍裡面，教職員辦公室裡好像有人在。兩人躡手躡腳地從辦公室旁繞過去。博子尋找著他的教室，她清楚地記得紀念冊上寫著三年二班。

三樓從後面數來的第二間就是那教室。

兩人走進教室。

「他就是在這裡唸書的。」

「唸書？應該只是在課本上亂塗亂畫吧？」

「或許吧。」

博子這樣回答，有點心不在焉，一種不可思議的感覺包圍著她。

「他的座位在哪兒？」
一邊說著，博子在教室靠窗的位子上坐下來。
「是這附近嗎？」
博子環視了教室一周，然後眺望窗外。
「這是我不知道的地方。」
博子說。
「類似這樣的地方應該還有很多吧。」
「是啊。」
秋葉坐在中間的位子上。
「說不定那個同名同姓的女孩子，是他的同學。」
「什麼？」
「地方很小，說不定會有這種巧合。」
「……也是。」
「！」

秋葉突然拍手。

「對！一定是這樣沒錯！」

「什麼？」

「啊！這樣所有的謎底都解開了。」

「什麼嘛？」

「咦？你還不明白？」

「……又是推理遊戲？」

「你在說什麼啊？博子實在太遲鈍了，你不覺得我比較會想嗎？」

「什麼，我很遲鈍嗎？」

「很遲鈍啊！你的遲鈍就是這整件事情的關鍵。」

「怎麼回事？」

「是畢業紀念冊。」

「畢業紀念冊？」

「那個地址是從畢業紀念冊中找到的吧？」

「嗯。」

「就是說，那女孩的地址也寫在上面。」

「……」

「這麼說來，那女孩不就和那傢伙一樣，都是這裡的畢業生嗎？」

「……」

「一定是因為同名同姓的關係，所以博子不小心抄錯了。」

如果兩人都是畢業生，她的地址一定也在那本畢業紀念冊上。那麼，的確會把那個地址誤認為他的。

「是嗎？」

「肯定沒錯。」

「這麼說，都是因為我的誤會嗎？」

博子有點難過。

「所以才會發生這種事。」

秋葉笑嘻嘻地走到黑板前，隨手畫了一個小圖。他畫的是一把情人傘，傘下寫了兩個藤井樹的名字。

「不過，同一個學校裡會有兩個同名同姓的人嗎？」

「而且還是一男一女。」

「雖然很罕見，也不是沒有可能。」

「是啊。」

「說不定那女孩是藤井的初戀情人。」

「什麼？」

剎那間，博子想起了什麼。她搜尋著記憶，卻突然被打斷了。

「你們在這裡做什麼？」

一個值班老師站在門口。兩人慌忙從對面的門逃了出去，接著跑到走廊，跑下樓梯，衝出學校。

秋葉在操場上邊跑邊說：

「我們大老遠來小樽做什麼啊？」

出了校門，就看到剛才那個計程車司機正笑嘻嘻地在那裡等著。

◎

從醫院回來，我在信箱裡發現了一封寫給我的信。那封信沒有郵戳也沒有郵票，信封也沒有黏起來。而且，背面千真萬確地寫著渡邊博子的名字。我立刻拆開來看。

藤井樹君：

你好。

為了來見你，也為了來向你道歉，我來到了小樽。

現在這封信是在你家門口寫的。

我的心揪了一下，心臟受到過度的衝擊，幾乎停止。然後我下意識地環顧四周，並沒有看到可疑的人影。

「阿樹！」

爺爺在院子裡叫我。

「你朋友來過。」

「什麼樣的人？」

「一個男的和……」

「男的？」

「不是，好像還有一個女的，一起來的。」

「什麼樣的女孩？」

「沒看清楚。」

「……」

那女孩就是渡邊博子嗎？男的是共犯？難道嫌犯不只一個的說法果然是真的？

「剛才還在大門口等呢，大概等得不耐煩就回去了吧？」

我上到二樓的房間，讀剩下的信。

我認識的藤井樹好像不是你。

今天，我來到這裡，一切才真相大白。

我的藤井樹是男的，他是我以前的男朋友。

最近，我偶然發現了他從前的地址。

我明知寄不到卻還是寫了那封信，就是最初的那一封信。

讀信時，我感覺這幾個星期，也就是從收到第一封信起一直到今天這段時間裡，不由自主繃得緊緊的神經，不知不覺放鬆了。

我不知道他現在人在哪裡、在做什麼。

但即使到了現在，我還是時常想起他。

想著他在某個地方，過得好不好。

我懷著這樣的心情寫了那封信。

要是那封信無法投遞就好了。
我沒想到，那封信竟然寄到了同名同姓的你的手裡。
給你帶來麻煩，真的很抱歉。
我絕無惡意。
我很想見你一面，卻又沒有和你見面的勇氣。
因為我們只是用書信往來。
請允許我用這封信向你道別。

渡邊博子

（原來是這麼回事啊！）

結果，我的「精神病論」和「老大」的「多重人格論」，都不過是多餘的誇大妄想罷了。

不過，那位引起她的誤會、和我同名同姓的藤井樹是什麼樣的人呢？想到這個問題的瞬間，一個少年的臉孔浮現在我腦海，就是剛才在醫院候診室裡突然想起的那個少年。他是我國中時代的同學，也是我所知道唯一一位和我同名同姓的人。不但同名同姓，而且還是男生。博子的信裡是這麼寫的。

最近，我偶然發現了他從前的地址。
我明知寄不到卻還是寫了那封信，就是最初的那一封信。

我的目光落在這句話上。我印象中，他的確在國三時轉到別的學校去了。

「會是那傢伙嗎？」

只是，沒有證據證明指的確實是他。我把信插回信封裡。

這麼短的時間內，她一共來了六封信。信裡是渡邊博子對另外一個藤井樹的深切思念。

當然，我不可能知道，另外兩封筆跡不同的信是個叫秋葉的人寫的，就算知道了，也對這件事沒什麼影響。

仔細想想，渡邊博子，以及另外一個同名同姓的男人都和我沒關係，而我卻被扯了進來，就是因為這樣，所以感冒才一直好不了吧。雖然這麼一想，就覺得很無聊，但不可置信的是，我卻沒有因此感到厭惡。

三年二班黑板上的那把情人傘塗鴉，就這樣留在那裡，直到春假結束。

7

辦完了退房手續，博子和秋葉走出飯店。吉田已經在那裡等了，說要開車送他們到千歲機場。

就在秋葉他們把行李放進後車廂裡時，博子站在人行道上，最後一次呼吸小樽的空氣。這時，十字路口一角的郵筒映入眼簾。或許因為這幾個星期書信往返的關係，博子才會特別留意這東西。一個正在上班途中的女孩，停下腳踏車，把信投到郵筒裡。

同名同姓的藤井樹說不定也是這樣把信投到這個郵筒裡的。想著想著，博子無意中看到了那個女孩的臉，她大吃一驚。

這已經不能只用「像」這個字眼來形容，那個女孩簡直是另一個博子！

對方完全沒注意到博子，把信投入郵筒之後，跨上腳踏車朝這邊騎過來。博子慌忙低頭，把臉藏了起來。腳踏車從身旁騎過，博子轉過身目送著那個身影，她忍不住開口喊：

「藤井小姐！」

這是直覺。郵差的誤認、計程車司機的話都彷彿在印證這個直覺，這個直覺不斷浮現在她腦海裡。

那女孩聽到叫喊聲，停下了腳踏車。然後，她瞪大了眼睛東張西望。沒錯，博子確信，她就是藤井樹。她屏住呼吸，牢牢地盯著那個身影。然而，女孩終究沒有發現在人群中的博子，又踩著腳踏板騎走了。直到看不見腳踏車了，博子仍然無法抑制內心的激動。

「博子？」

秋葉拍拍博子的肩膀。

「怎麼了？」

博子回過頭去，想給他一個「沒什麼」的笑容，但緊張的表情反而讓她無法笑得很自然。

不管是在到千歲機場的車裡，還是在飛機上，博子一直心不在焉。那騎腳踏車的女孩，在腦海中揮之不去。

「博子！」

「怎麼了？」

博子一轉頭，秋葉以一種奇怪的表情看著她。

「嗯……怎麼了？」

「發什麼呆呢？」

「什麼？嗯……」

「你看，和地圖的形狀一模一樣。」

秋葉手指窗外。

從那裡可以清楚地看到下北半島極具特色的海岸線。

幾天後，博子在信箱裡發現了一封信，就是她在飯店前親眼目睹被投進郵筒裡的那封信。

渡邊博子小姐：

你好。

我在不知情的情況下，寄了那麼過分的信給你。請你原諒。

因此，我要提供一個你會有興趣的訊息。

其實我在讀國中時，班上有個同名同姓的男生。

或許你說的藤井樹就是他吧？

同名同姓的男生和女生，有點不尋常吧？

但仔細一想，這也不是不可能。

你覺得呢？

我能想到的，也就這些了。如果能對你有所幫助，那就太好了。

託你的福，感冒已經好多了。

你也要多多保重身體！再見！

藤井樹

◎

給渡邊博子寫完道歉信後，又過了一個星期，我的感冒終於逐漸好轉，圖書館總算允許我站在櫃臺了。

博子在我家門口寫的那封信，我只給「老大」看。對我而言，這封信的內容非常戲劇化，但「老大」看起來似乎不感興趣。

「原來不是多重人格呀，真無聊！」

這就是「老大」的感想。

我家的搬家事宜進展順利。多虧阿部粕姑丈的幫忙，總算找到了合適的公寓。下次看房子我也可以去了。

那房子在小樽車站附近，光線充足，房間比現在的房子要小得多。不過，把這棟破房子賣掉，繳完稅金後，剩下的錢根本也不奢望可以買得起什麼寬敞的房子了。

「這個大小正適合三個人住。」媽媽說。

「就是說啊，現在的房子三個人住太大了吧？」阿部粕姑丈說。

「是啊，還有三個房間空著。」

「對吧？」

「分租給別人如何？」

「嫂子，如果你這麼想，搬家的事又要延遲了。」

「啊，對呀。」

阿部粕姑丈拚命說服我們做決定。

「都到了最後關頭，反悔可就糟了！」

我替阿部粕姑丈說出了他的真心話。阿部粕姑丈搔了搔頭。

「不管怎樣，盡快定下來吧……那房子很搶手的！」

「我已經決定好了。」

媽媽這樣說，表情顯得疲憊不堪。

「剩下的就是該怎麼說服爺爺。」

這的確是個問題。

媽媽一回到家，就對爺爺展開她那強而有力的攻勢。

「再過幾年這房子肯定要被拆掉，這你早就知道了，既然這樣的話，我覺得最好現在先做準備。」

爺爺不等媽媽說完，就起身打算走出房間。這個舉動顯然惹惱了媽媽，她對著爺爺的背影大聲嚷道：

「我已經決定了！」

爺爺頭也不回地說：

「我反對。」

「那你先坐一下。」

「……」

「請坐下來聽我說。」

「我已經明白了。」
「你根本就不明白吧！」
「我明白，是不是我怎麼反對也沒用？」
「……是。」
「那就只能搬家了。」
爺爺說完，走出了房間。爺爺終於屈服了。不過他太容易就屈服了，這讓我有點失望。
「這個老頭！」
媽媽不高興地碎唸著。又過了一會兒，她問我：
「剛才爺爺是不是有說只能搬家了？」
原來剛才媽媽怒火中燒，沒聽清楚關鍵的話。不管怎樣，搬家的事就這樣確定了。我們預定在下個月中旬遷入新居。
「可以開始慢慢打包行李了！」
媽媽這道命令特別指的是閣樓的書房。那裡曾經是爸爸的書庫。自從我開始把自己的書也放進去之後，閣樓就漸漸荒廢在那裡，現在已經連站的地方都沒有了。星期天，我下定決心來到久違的閣樓，但是才動手收拾十五分鐘左右，就開始覺得很厭煩。整理書架這種事情，我在工作時不覺得辛苦，但為什麼輪到收拾自家的書架時，卻突然覺得很麻煩？正當我在思考這個問題時，一本冊子吸引了我的目光，那是國中的畢業紀念冊。

我拿起畢業紀念冊，翻著那些從畢業以後就再也沒有翻開過的內頁。內頁比想像中保存得還要好，翻動時發出清脆的沙沙聲，甚至還留著新書才有的氣味。

我找到三年二班的團體照。從前的同學個個天真無邪地排排站著。

「大家都變得這麼年輕！」

不是大家變得年輕，而是我老了。

另外那一位藤井樹特立獨行，一個人獨自飄浮在一個圓圈裡。就是這個國中少年和那個渡邊博子相識後又分手嗎？但看到照片裡他對未來一無所知的天真模樣，就覺得很可笑。

結果放棄收拾書房的我，最後只抱著這本紀念冊就離開了閣樓。

◎

博子去造訪他的家，目的是為了找那本畢業紀念冊。所有事情的開端都是那本紀念冊，所有的謎底也都藏在其中。

安代被清早突然出現的博子嚇了一跳，對她說要看畢業紀念冊的要求，更是覺得莫名其妙。不過安代還是應她要求拿出了畢業紀念冊，博子一接過來，就在玄關坐了下來。

「博子，進來吧。」

「……好。」

沉浸在畢業紀念冊中的博子，心不在焉地應了一聲。

「先進來吧！」

「好！」

博子說著，卻只脫了鞋，上半身靠著畢業紀念冊，動也不動。安代驚訝地說道：

「博子看起來應該是相當沉穩的人，沒想到還真性急呢！」

「啊？」

「拜託你，先進來！」

安代不由分說，把博子拉進了客廳。即使如此，博子的目光仍沒離開紀念冊。

博子先確認最後的地址簿，正如秋葉猜測的那樣，博子抄下的藤井樹地址是在三年二班的女生名單裡，男生名單裡怎麼找都沒有他的名字。結果寫在通訊錄上的「藤井樹」只有她一個。難怪博子會誤認為是他了。

「你在找什麼？那麼認真。」

安代邊沏茶邊說。

「他的名字……」

「嗯？」

「這上面沒有他的名字。」

「是嗎？」

「這個……三年二班沒錯吧？」

安代看了看紀念冊。

「因為畢業前搬走了吧！沒登記嗎？」

一定是這樣的。不管怎樣，解開了一個謎。那些書信往來以及小樽之行，都始於這個小小的錯誤。

博子翻著內頁，又見到三年二班的同學們了。這是再度的重逢。團體照，依照照片裡排列的順序，記錄著每個人的名字。單獨浮在一個圓圈中央的他，名字也和其他人的有點距離。

……藤井樹。

裡面一定還有一個一模一樣的名字。

在用小小的鉛字排列得密密麻麻的學生名字裡，博子從中尋找著另外一個藤井樹，很快就找到了那個名字，又依據名字從照片中找出了本人。

不是第一次見到這個女孩了。她正是在祭日那天，安代開玩笑地指著說和博子好像的那個女孩。

安代等得不耐煩，追問博子能否告訴她是怎麼回事，博子卻反問：

「請問……他是不是有一個同名同姓的同學？」

「什麼？」

安代愣了一下，又好像想起來般「啊」了一聲。

「你這麼一說，好像有。啊，有、有，我想起來了！」

「您還記得嗎？」

「有一次，還把她和我家的阿樹搞混了。」

安代從博子手中接過紀念冊，開始尋找剛才提到的那個女孩，邊找邊對博子說一件趣事。

「阿樹曾發生過車禍，你知道的，阿樹的右腿不是有點怪怪的嗎？」

「嗯。」

「就是那場車禍的後遺症。嗯……是什麼時候的事呢？上學途中被卡車撞到，不過只傷了腿。只是，當時學校老師們誤認為是另一個孩子，於是打電話通知那家的家長，但很快就發現弄錯了，又打電話給我。可是我到醫院一看，對方的家長也趕來了。沒想到會有這麼巧的事，大家都笑翻了。而且還是在傷得很重，必須躺一個月的阿樹病床邊。這真的太奇妙了！」

「那個人，是什麼樣的人？」

「我不記得有見過她啊！」

「是這個女孩。」

博子指那個女孩的照片給安代看。

「不記得了。」

「這張照片像嗎？」

「什麼？」

「和我像嗎？」

「像博子？」

安代對比了一下照片和博子。
「可能有點像吧。」
「您說過她像我，媽媽。」
「我說過嗎？」
「你有說過。」
「什麼時候？」
「上次。」
「是嗎？」
安代又重新看了一遍照片。
「這麼說，是有點像。」
「您的確說過，就是上次。」
「真的？」
「……還說是他的初戀情人。」
「這個女孩？」

「您說『可能是』。」

「……」

安代猜不出博子的用意是什麼，不過她覺得似乎有隱情，便試探著說：

「的確，仔細看的話是很像。」

博子臉上出現的不安神色並沒有逃過安代的眼睛。

「像又怎樣？」

「啊？」

「這女孩和你像又有什麼關係？」

「沒、沒什麼。」

「騙人。」

「真的。」

博子看起來像在拚命掩飾什麼。不過安代覺得她不擅長掩飾，這種率真正是博子的可愛之處。安代突然湧現一股母性的本能，她還是想把這個孩子當成自己的媳婦。

「博子！」

安代戲謔地掐了一下博子的臉蛋。出其不意被掐了一下，博子嚇了一跳。

「你的表情寫著說謊喔！」

安代的口氣像對年幼的女兒講話。

「像的話，又怎麼樣？」

這回輪到安代吃驚了。只見博子抿著嘴，一雙眼睛裡盈滿淚水。

「如果真的長得像……我就不原諒他。」

博子強忍著淚水。

「如果這就是他選擇我的理由，媽媽，我該怎麼辦？」

該怎麼辦呢？被問的安代也不知該如何回答。

「……怎麼辦呢？」

安代也語無倫次了。

「他說對我是一見鍾情。」

「是呀，他這麼說過。」

「但一見鍾情也有一見鍾情的理由吧。」

「……」

「我被他騙了。」

「博子！」

「是！」

「你在吃這個國中生的醋嗎？」

「……是的。很奇怪嗎？」

「很奇怪呀。」

「是很奇怪。」

安代對時隔兩年，仍會為自己兒子流淚的博子感到心疼。

「不過，那孩子真幸福啊！博子還會為他吃醋。」

「您這樣說，我又要哭了。」

博子好不容易止住的眼淚，又盈滿了眼眶。

「……我還是沒辦法就這樣忘記他！」

博子邊擦淚邊苦笑。

或許是不知不覺間也受到了感染，現在換安代激動得哭泣。

她把畢業紀念冊送給博子。上班已經遲到的博子在乘客稀少的車廂裡再次翻開紀念冊。

「你相信一見鍾情嗎？」

他說過的這句話，一直迴盪在博子的腦海裡。這是他第一次和博子說的話。

當時博子還是個短大生。好友小野寺真澄有一個讀美術大學的男朋友。有一天，真澄邀博子去看美術大學的展覽。真澄的男朋友負責接待工作，一時走不開，約好一會兒後再來找她們，博子她們就先進了展覽室。

沒看過什麼展覽的博子，有點不知所措地跟在真澄後面，在展覽室裡逛來逛去。

「有點看不懂。」

連邀請自己來的真澄都這樣說。最後，兩人不知不覺走到出口處，在設於出口處的工藝品店打發時間，等待真澄的男朋友過來。那裡陳列著玻璃水瓶、玻璃杯、飾品等。對博子她們來說，這些東西才更令她們感興趣。工藝品店的大哥很會賣東西，甜言蜜語地慫恿兩人購買。

「本來一次買兩個打八折，三個七折，但小姐你們太可愛了，算你們半價就好了。」

大哥說這樣的話逗兩人開心，最後成功地賣給她們每人三件東西。當他用紙包裝玻璃製品時，說道：

「全都是我的作品，請你們好好使用！」

他就是秋葉。真是個好人，這是博子對秋葉的第一印象。

這時，一個抱著大幅畫布的男人從博子和真澄面前走過，從出口走進展覽室裡。

「喂！藤井！」

秋葉叫住那個男人。

轉過頭來的那男人，留著有點邋遢的鬍子，眼睛裡也布滿血絲，看起來是熬夜的樣子。

「剛剛完成的嗎？」

「嗯。」

「畫廊都快關門了。」

那男人顯得很不高興，又抱著畫布往裡走。

真是奇怪的人。這是博子對藤井樹的第一印象。

隨後真澄的男朋友過來了，讓秋葉大吃一驚。

「哎喲，是學長的朋友啊？」

「秋葉你這傢伙該不會是想動什麼歪腦筋吧？」

「怎麼可能？不過她們倒是跟我買了不少東西。」

這就是那天的經過。後來過了不久，秋葉透過真澄展開攻勢。博子不敢單獨去見他，拉真澄一起去。秋葉不知道是不是因為害怕的關係，也帶了一個朋友，就是阿樹。

「你忘了嗎？他就是當天很晚才抱著畫布走進來的那個傢伙。」

秋葉這麼一說，博子才發現，當時那個滿臉鬍渣的男人和眼前的年輕人是同一個人。然而博子心中卻怎麼也無法把兩人聯想在一起。刮了鬍子的阿樹帶著不可思議的透明感。阿樹一直沉默寡言，幾乎沒說話，可能因為口渴，喝了好幾杯冰咖啡，還上了好幾次廁所。而且，總覺得他有點坐立不安，偶爾與博子四目相接時，都慌慌張張地低下頭。

博子心想，果然是個怪人。

就在他不知是第幾次起身去廁所時，真澄悄悄對秋葉說：

「那個人怎麼回事？好像有點生氣。」

「太緊張吧，他對女孩子沒有免疫力。」

說完，秋葉表情僵硬地笑了笑。要說緊張，他也一樣。秋葉就是秋葉，目標明明是博子，卻從剛才就一直只和真澄說話，即便如此，他還是在心裡暗自焦躁著這個女人真是長舌婦。

阿樹回來後，仍然沉默不語，又點了一杯冰咖啡。沒過多久，這回是真澄起來上廁所。主導談話的真澄一離開，場面就變得安靜下來。對秋葉來說，這是和博子直接交談的好機會。如果不趁現在把談話對象換成博子，接下來就只能一直和真澄聊下去了。然而儘管這麼想，卻又不知道該說些什麼，秋葉點燃香菸，浪費了寶貴的時間。當他好不容易想開口說話時，阿樹突然插話。

「請問！」

聲音緊張得有點尖銳。

「渡邊小姐相信一見鍾情嗎？」

「一見鍾情？我不知道欸。」

「請做我的女朋友！」

博子和秋葉不由得瞠目結舌。之後阿樹沒再說什麼。異樣的沉默在三人之間蔓延開來。不知所措的秋葉為了緩和氣氛，一不留神脫口而出說：

「這傢伙其實是個很不錯的人。」

秋葉為自己短暫的單戀畫上了休止符。

這時，真澄回來了。她一坐下就嘰嘰呱呱說個不停，但三個人的反應卻都異常地遲鈍。

在那之後，博子就和阿樹交往了。這裡面也有秋葉自我犧牲的支持。一度失意的秋葉還是祝福這兩個不可思議的人。考慮了兩個星期後，博子回覆阿樹：

「我相信你的一見鍾情。」

這就是博子的回答。雖然是奇妙的開端，但現在這仍是留在博子心中最珍貴的回憶。

那句話裡，是否有另外一個人的身影呢？那個人或許就是和他同名同姓的女孩子。也許博子現在發現的，是他本該帶到天堂裡的祕密。

「你相信一見鍾情嗎？」

不知何處又傳來他的聲音。

「……我曾經那麼深信不疑。」

博子闔上了膝上的畢業紀念冊。

照片中的女孩到底是不是他的初戀情人？
博子認為還有寫信給她的必要。

8

藤井樹小姐：

你好嗎？

你說的藤井樹和我認識的藤井樹應該是同一個人沒錯。

這封信的地址是我從他的畢業紀念冊裡找到的。

你家應該也有同樣的畢業紀念冊吧？

我想它現在正沉睡在書架的某個地方。

我從紀念冊最後一頁的通訊錄中發現了這個地址。

怎麼也沒想到，還有個同名同姓的人。

一切都是我的輕率所造成的誤會。

真對不起。

我翻了畢業紀念冊確認。最後的確附著通訊錄，上面當然也有我的名字和地址。

即便如此，這事仍讓人覺得難以置信：這麼小的一行字，居然在偶然間被住在神戶的女孩看到，這種偶然真是不可思議。而且還因此發展出這麼奇妙的書信往來，這也很不可思議。

這封信後面寫著：

不過……已經造成你的困擾，還要請你幫忙，實在有點不好意思，如果你還記得什麼有關他的事，請告訴我好嗎？

即使是一些微不足道小事都可以。

例如他的功課好或不好，

擅不擅長運動，
個性好或是不好……，什麼小事都沒關係。
提出這麼冒昧的請求，真不好意思。
如果你覺得這是一封愚蠢的信也沒關係。
若是嫌麻煩，就請把它忘了。
……但如果你願意，請回信給我。
我會不抱希望地等待你的回音。

渡邊博子

「明明滿懷希望，還說什麼不抱任何期望！」

要是我不寫點什麼給她的話，她應該是放不下的吧！不過，真的坐到桌子前，我突然覺得很為難。因為仔細一想，我對那傢伙一點好印象也沒有。更準確地說，都是因為那個傢伙，讓我對我的國中時代根本沒有什麼好印象。

儘管遲疑了一會兒，我還是任筆遊走在紙上。

渡邊博子小姐：

你好。

他的事我的確記得很清楚。

因為同名同姓的人太少了！

不過，對他的回憶幾乎全和名字有關。

這樣說，你大概能想像得到，這絕對談不上是多美好的回憶，甚至可以說是糟透了。

例如，從開學典禮那天起，悲劇就開始了。

老師第一次在教室裡點名，喊到「藤井樹」時，我和他幾乎同時答「有」。接下來的瞬間，班上同學的目光和騷動全集中在我們身上，真的很丟臉。

我怎麼也沒想到竟和同名同姓的男生同班。一想到這一年內可能會一直受到大家的嘲弄，那充滿夢想和希望的國中生活頓時變得黯淡。我曾經想過乾脆轉學，一切從頭開始。但怎麼可能因為這種理由轉學呢？我的預感果然沒錯，只因為同名同姓就受到差別待遇的慘澹國中時代，正等待著我和他。

我們兩人偶然一起當值日生時，更是從一大早就覺得很鬱悶。

黑板右下角並排寫著一樣的名字，或被畫上情人傘，還在名字下面被畫上♂和♀的符號；有時候，兩人抱著上課的講義走在走廊時，或是放學後在教室裡寫班級日誌時，被人冷不防地在背後喊一聲「藤井樹」，兩個人就會不由自主地同時回頭。大家都以此為樂，甚至一整天班上都處在這種宛如週年慶的討厭的氣氛裡。

平時雖然不至於鬧到這種地步，但嘲弄似乎永無止境，我一面忍受著苦不堪言的每一天，一面以為這種忍耐不過就一年。誰知道二年級時我們又是同一班。

在煥然一新的班級裡，大家當然也以全新的心情從頭開始嘲弄我們。

而且，不知什麼原因，第三年我們又被分在同一班。

兩年就算了，三年都同班的話，很難讓人覺得這是偶然吧！

也有傳聞說，這其實是老師們覺得有趣而故意安排的。雖然沒有確切的證據，不過這個傳聞煞有其事地廣為流傳，卻是不爭的事實。

儘管如此，這種事在旁人聽起來或許覺得很有趣。

但對於當時的我們來說，可真不是開玩笑。

我甚至還認真地想過，如果那傢伙的父母離婚，讓他改從母姓，或是讓不同姓氏的人家當養子也好啊。

回想起來，以前的我真是個個性很差的國中生呢。

總之，經常發生這種事，所以兩個人總是相互迴避，印象中也很少交談。

如今就算努力回想，也沒什麼印象。

很抱歉，這封信無法如你所望。

我重頭再看了一遍，還是覺得這封信實在沒辦法滿足你的要求。

很抱歉。不過事實就是如此，請見諒……再見。

藤井樹

藤井樹小姐：

你好。

我提出了任性的要求，卻收到了你如此慎重的回信，我很感激。真的謝謝你。

你因為他的緣故，度過了不堪回首的國中時代。這讓我有點意外。

我原本期待其中可能隱藏著更浪漫的回憶呢。所謂的現實，總是不能盡如人意吧！

不過，他是怎麼想的呢？

和你有同樣的心情嗎？

或許他覺得和自己同名同姓的女孩之間，有某種命中注定的巧合？
你們之間沒有這樣的回憶嗎？
如果你記得，請告訴我。

渡邊博子

渡邊博子：
你好。
我並沒有那樣的回憶。
很抱歉，前一封信寫得不完整。
實際上，我們的國中時代根本不存在什麼談情說愛的餘地，相反的是充滿了殺氣。
我和他的關係，就好像是奧斯威辛集中營中裡的亞當和夏娃，那種不斷反覆的冷酷拷問，令人生不如死。
當然，這對他來說也是一樣。只要在同一個班裡，這種事情就不可能不發生。如果說這是命運的安排，對於這種命運，我們就算不怨恨，也絕不會心存感激。

光是想起班級幹部選舉時發生的那件事，就令我厭惡不已。

那是國二第二學期的事。

首先是投票決定班級幹部。

唱票時，不知誰寫了這樣一張選票混在其中。

「藤井樹♥藤井樹」

負責唱票的那個人好像是稻葉，沒錯，就是稻葉，稻葉公貴。

稻葉故意把這張選票大聲唸了出來。

「哦……藤井樹，愛心，藤井樹。」

負責記錄的人在黑板上寫名字的時候還故意畫上愛心。

大家都拍手叫好。但這還算好的，我們已經習慣這種程度的嘲弄。

可是事情並沒有因此結束。

選完班級幹部後，接下來是其他職務的選舉，如播音員之類的。最先選的是圖書管理員。

我有一種不祥的預感。

發選票時，大家都笑得很詭異，前後左右傳來了「愛心，愛心」的竊竊私語。

結果你應該可以想像得到吧？幾乎全班一致投給我和他。

每唱名一次，就響起了歡呼聲。唱票結束的瞬間，那騷動有點像世界杯足球賽的體育場。

那時我已經徹底地自暴自棄，覺得事情發展到這種地步，只想不顧一切地大哭一場。當時，學校中有個「哭者是贏家」的不成文規定。不管怎樣，只要哭了，惹你哭的人就是壞人。從小學開始就是這樣。不過男生會擔心被貼上「愛哭鬼」的標籤，但女生不管怎樣，只要哭就贏了。

只不過，我以前認為哭是懦弱的表現，不是我自誇，從上幼稚園以來，我一次都沒哭過。

但今天就算了，我心裡盤算著，女生此時不哭更待何時？不過平時缺乏訓練，一下子突然也哭不出來。我在桌子下握緊拳頭，把牙齒咬得咯咯作響，想把眼淚擠出來，可是就是沒辦法。

這時，坐在我前面的男生一直盯著我看。

「哎呀！她哭了！」他竟然在旁邊煽風點火。

那是熊谷和也，長得像小猴子似的傢伙。

我立刻火冒三丈，因為我都還沒哭出來呢！

而且這句話已經讓我哭不出來了。

正當我想給他一拳洩憤的時候，那傢伙在我之前出了手。

他踢翻了熊谷和也的椅子，熊谷就跌躺在地上。

那傢伙還扔下一句「你別太過分」，就走出教室。

教室裡鴉雀無聲。

但在這時，負責唱票的稻葉戲謔地說道：

「這是愛的勝利……請掌聲鼓勵！」

這句話被那傢伙聽見了。

他突然以驚人之勢捲土重來，等我回過神來，他們已經打得不可開交。

稻葉剛開始還說是開玩笑的，想試著安撫他，沒想到稻葉也被激怒了，直說：「又不是我投給你們的！又不是我投給你們的！」稻葉喊著讓人聽不懂的話，兩人互相揍著對方，大打出手。

打到最後，那傢伙騎在稻葉身上，掐住他的脖子。說不定在那一瞬間，他真的想殺了他，因為他出手毫不留情。

最後，大家慌慌張張地上來勸架，一起把他拉開，總算才制止這場架。

而稻葉那傢伙竟然口吐白沫昏了過去。或許那是我第一次看到人失去意識的樣子。

後來老師終於出現，結束了這場紛爭。不過，我覺得這件事在班上留下陰影。

在那之後，大家對我們的嘲弄幾乎消失了，取而代之的是那種被大家疏遠的感覺。

不過當時的投票並沒有被視為無效，所以我們一起成為圖書管理員。但他總是說社團活動很忙，幾乎從不露面。

偶爾出現，也只是妨礙我的工作，根本沒打算幫忙。

升上三年級，換了班，嘲弄我們名字的風氣再度復活時，我還記得那時反而有鬆了一口氣的感覺。

上了三年級，大家看起來多少成熟了些，說是嘲弄，卻也沒有什麼過分之舉。

雖然寫了這麼多，但我們兩個人的關係不過僅止於此。

如果你期待的那種情況會發生，我覺得或許在不是同名同姓的情況下，機率還更高一些。

但我們之間絕對沒有那種關係的。

……你是被他的什麼地方吸引呢？

藤井樹

藤井樹小姐：

你好。

他是一個經常眺望遠方的人。

那雙眼睛總是清澈的，那是我至今所見過最漂亮的眼睛。

可能是因為情人眼裡出西施吧！

不過，我想這就是我愛上他的理由。

他喜歡登山和繪畫，不是在畫畫，就是在登山。

我想，他現在可能也在某個地方登山或是畫畫吧！

你的信引起我許多猜想。

比如你在信中寫道：

「偶爾出現，也只是妨礙我的工作。」

我不禁會猜想他是怎樣妨礙你工作的呢？依照他的個性，一定會做出一些奇怪的事吧？是不是在書上胡亂塗鴉？我會這樣胡思亂想地猜測。

所以，隨便什麼都行，請告訴我關於他的事情。
你認為很無聊的事也可以。
因為我對於各種猜想都很樂在其中。
拜託你了。

渡邊博子

渡邊博子小姐：
你好。
你的請求反而讓我感到為難。
就連無聊的小事，我也都忘了。
畢業已經十年，事實上，記憶大多變得模糊不清了。
我只想到一個惡作劇，今天就寫這件事吧！
大概是三年級的時候。
其實，雖然當初是被迫當上圖書管理員，但我已經喜歡上這份工作，所以三年級時自告奮勇參選圖書管理員。

然而，我一舉手，那傢伙也跟著舉起了手。

報名當候選人的就我們兩個。不出所料，果然受到大家無情的攻擊。最令人氣憤的是，那傢伙居然也舉手參選。

那傢伙就算當選圖書管理員也完全不工作，他就是看上這一點。因為二年級時，他在這件事上佔盡了便宜。

果然不出我所料，那傢伙根本不做事，總是說社團活動很忙，幾乎不露面。偶爾來一下，也應該整理整理圖書吧？把歸還的書放回書架上也是圖書管理員的工作呀；而且櫃臺很忙的時候，我一個人根本忙不過來。可是，那傢伙就算偶爾過來，也什麼都不做。

那他到底來做什麼，其實都在做些奇怪的惡作劇。

那傢伙一到圖書室，一定會借幾本書。他借的都是……像江戶學者青木昆陽的傳記啦、法國詩人馬拉美的詩集、美國畫家懷斯的畫冊等等。總之，都是些絕對沒人會借的書。

有一天我問他，你都看這類書嗎？他說借書不是為了看。本來我還很納悶，後來發現他只是為了在沒人借過的書的空白借書卡上寫上自己的名字，樂此不疲。

我完全不懂這有什麼好玩的。

他竟然說沒人借的書很可憐……

我記得那傢伙做過這種惡作劇。

但不記得他有在借書卡上塗鴉，或許有也不一定。

對了，提到塗鴉，我想起來有發生過一件事。

那件事發生在期末考時。

當批改過的考卷發下來時，我驚訝得站都站不穩了。

那可是我最拿手的英語，竟然只考了27分。

「27」這個數字，我至今仍無法忘記。不過，我仔細一看，發現那並不是我的筆跡。名字的確寫著藤井樹，但這無疑是那傢伙的考卷。

可是那傢伙好像沒發現，還把考卷翻過來，在背面畫起圖來。

如果我沒猜錯，那才是我的考卷。

「不要隨便在別人的考卷上亂畫！」這句話幾乎要脫口而出，不過當時還沒下課，只好等到下課時間。

不過，好不容易等到下課了，我還是沒辦法和他說話。

因為當時被大家捉弄得讓我患了恐懼症，根本無法在別人面前輕鬆地和他說話。

「把我的考卷還給我！」

這句話我就是說不出口，使得那一天變得特別漫長。

因為一直找不到和他說話的機會，只能等到放學後。最後，變成我不得不在學校的腳踏車停車場等他出現。

當時，放學後的腳踏車停車場可是戀人們的聖地。

經常有幾個女孩在那裡等自己喜歡的學長，到處都是示愛或傳遞情書的女孩。

我總覺得這些人真大膽，平常都是冷眼旁觀地走過那個地方，但那天的心情卻輕鬆不起來。

起初，我並沒有意識到事情的嚴重性，只是呆呆地站在角落裡，但卻引來大家注目的眼光。

這是怎麼回事？我想了一會兒，終於明白了。那一瞬間，我幾乎要昏倒了。

我站在這裡只是為了要回考卷，但在旁邊那些春心蕩漾的女孩眼裡，我跟她們沒兩樣。

錯了！我才不是呢！

我不由自主地在心裡大喊。

但周圍的人卻不是這麼想。

「那不是二班的藤井嗎？」

不時傳來這樣的竊竊私語，我心想，這可怎麼辦？

那可真是煎熬。

我再也待不下去了，打算放棄等待準備回家時，身旁有一個女孩和我說話。

　　我一看，是隔壁班的及川早苗。

　　那是我們第一次說話。她是那種經常被男生掛在嘴邊討論的女孩，雖然還是國中生，但卻像個成熟的女人。不都會有這種女孩嗎？（如果你以前也是這種女孩，要先跟你說對不起。）

　　及川早苗這樣問我：

「你也在等人？」

　　我的確是在等人。我漫不經心地點點頭，她又問：

「還沒來嗎？」

　　我無奈，只好再點點頭。她長長嘆了一口氣。

「……我們都很辛苦呢！」

　　我想對她說，我只是在等人而已，卻什麼都說不出來，兩人就這麼站了一會兒。

　　她又說道：

「男人真狡猾！」

「什麼？」

「你不這樣認為嗎？」

……我無法回答。

但緊接著，她突然哭了起來。

難道她還是國中生，卻想偷窺成人的世界了嗎？我還記得，當時覺得她真厲害，心還因此害羞地怦怦亂跳。

我不知如何是好，只能先把手帕借給她。放學的學生們更好奇地打量著我們。我們不是朋友，什麼都不是，我把手放在她的肩上，做出安慰她的樣子，躲避旁人的目光。

她哭了一陣，又挺直了身，一邊抽噎一邊說：

「不過，女人更狡猾。」

……我發現我遠不如她的成熟，後來，她把手帕還給我。

「我先走了，你加油吧！」

她說完就回家了。
我又孤零零地一個人了。
不過我的苦惱和及川早苗的相比，根本不算什麼。
既然這樣，只能繼續等下去。
社團活動結束後，那傢伙出現時，幾乎所有人都放學了，周圍沒有任何人影。
天也黑了，四周一片漆黑，這是和他說話的絕佳機會。
「喂，等一下！」
在黑暗中被叫住，那傢伙嚇了一跳。我的聲音肯定也很可怕。不過，因為他沒注意到那是我的考卷，我這一整天才會過得這麼糟糕。
我想好好地教訓教訓他。
「什麼？原來是你呀！嚇了我一跳。」
我單刀直入，直接說明來意。
「今天的考卷，你沒拿錯嗎？」

「什麼？」

「這才是你的吧？」

我說著，舉起考卷。不過天色太暗了，什麼都看不見。

那傢伙轉動腳踏車的踏板，讓腳踏車前燈亮起來，想借助燈光看清楚，但沒辦法一邊轉一邊看。

沒辦法，我只好幫他轉起腳踏板。

那傢伙把他的考卷和我的考卷擺在一起，看了一會兒，但就是不抬起頭來。

「你在幹什麼啊？用看的不就知道了嗎？」

可是那傢伙卻對我說：「等一下。」還是一直看個不停。

我的手愈來愈麻，搞不懂他到底在幹什麼，他突然恍然大悟地說：

「是broken啊！不是breaked。」

原來那傢伙正在對答案，很難相信吧？

寫到這裡，我突然想起什麼，跑上閣樓，打開裝著國中課本和筆記本之類東西的箱子，在裡面亂翻一陣。接著，我從一疊收在檔案夾裡的講義中，找到了那張考卷。

沒錯，是那張英語考卷，背面還留著他在不知情時的塗鴉。我一看，出乎意料，那是一幅漂亮的素描。博子在信中說過他喜歡畫畫，說不定對她來說，這幅畫是個珍貴的東西，如果送給她，她一定會很開心。

那幅畫臨摹的是當時的知名女星宮崎美子在廣告中脫牛仔褲的場景。

「你在幹什麼？」

我嚇了一跳，回頭一看，爺爺探頭探腦地看著我。

「什麼？」

「準備搬家？」

「不是。」

「是嗎？」

爺爺好像還有什麼話要說，沒有要離開的意思。

「怎麼了？」

「阿樹，你也贊成搬家嗎？」

「怎麼了？」

「贊成嗎？」

「不贊成也不反對，這房子已經破舊成這樣了。」

「是贊成吧？」

「……」

爺爺自言自語地碎唸著什麼便走開了。我不禁打了寒顫，該來的終究來了。

我把這事告訴媽媽，媽媽語出驚人，讓我嚇了一跳。

「我如果沒人性，早就丟下這個家走了。」

「這是什麼意思？」

「說不定這樣對爺爺來說比較好。」

她和爺爺之間似乎存在著若隱若現、深不可測的一道鴻溝。自從爸爸去世之後，他們就好像陌生人一樣。不過，我已經決定不干涉這件事，不管怎麼說，這都是大人之間的事。從上國中開始，我就打定這個主意。

我回到房間，把信寫完，並把畫著宮崎美子的考卷一併裝進信封。

我把那張惹是生非的考卷寄給你。背面的塗鴉是他畫的。

藤井樹

9

博子把宮崎美子的畫夾在他的素描簿裡。

她一面讀著信，一面咀嚼著這份不可思議的感覺。她本來想確認的是兩個藤井樹之間的關係。在同名同姓這種罕見的關係中、在短暫的國中三年裡，他對她的感覺如何？這才是博子想知道的重點。

可是，讀著一封接著一封的來信，博子感覺那種強硬的情緒逐漸融化。光是讀到對他的國中時代的描述，博子就覺得十分幸福。

不過，她還是想弄清楚重要的癥結。那個謎題裡肯定也有他選擇自己的理由。如果真是那樣，博子覺得這就是他留給自己，且從未說出口的訊息。

藤井樹小姐：

你好。

謝謝你的考卷。

我會好好珍藏。

對了，他的初戀情人是什麼樣的人呢？

你還記得嗎？

渡邊博子小姐：

你好。

我對他的私生活一無所悉。

不過，他還滿受歡迎的，我想那時應該有女朋友。

渡邊博子

對了，你還記得嗎？及川早苗。

那個偷窺成人世界的成熟女孩。那個女孩曾到我這兒來，問過我這樣的問題。

「喂，藤井君有正在交往的女朋友嗎？」

我當然回答她「我怎麼會知道」。更讓人生氣的是，這種事她幹嘛來問我？

於是，及川早苗說：

「你們倆看起來很要好。」

當時，這種挖苦我已經聽膩了，但可能及川早苗說得很曖昧，聽起來就跟真的一樣。

當我正準備生氣時，她又說：

「你沒感覺到他的愛意嗎？」

這兩句話毫不相干，她是怎麼若無其事地說出來的？我覺得真不可思議。

接著，她又說：

「同名同姓不是很棒嗎？你不覺得這是命中注定嗎？」

這些，你在信裡也寫過。也許你和及川早苗在某些想法上還滿相似的。但請放心，我可以向你保證，你和她的個性一定天差地遠。

對了，她最後甚至說出這樣的話來。

「如果你願意，我也可以當你的愛神丘比特喔！」

「謝謝你的好意。」

說完，我立刻逃也似的離開了她。

可是，過了兩三天，那女孩又來找我，對我說：

「原來你們真的沒在交往啊！」

「我不是說過了嘛！」我說。

「我直接問他了。」

這個大笨蛋，讓我差點變成殺人犯。如果旁邊有一把雕刻刀，我一定會刺死她。

不過，她真正的用意現在才顯露出來。

「可是，我真的想過要當你的愛神丘比特，既然如此，這次是不是輪到你當我的丘比特了？」

剛開始我不太明白她說的話。總之，就是要我幫忙撮合他們的意思。這可不是開玩笑。我鄭重地拒絕了，打算再次飛快地逃離她身邊。她又說：

「我啊，可是個不知道會做出什麼事的女人喔！」

面對強有力的威脅，我心不甘情不願地投降了。

有一天，我把出現在圖書室的那個傢伙帶到了書架後面，說明事情的原委。

我說，我朋友好像想和你交朋友。

那傢伙還是滿臉不高興的表情，說了句「是嗎」。於是我依照計畫讓他在原地等候，把及川早苗帶了過來。

接著，我說你們兩個自己談，就回去工作了。

但還不到一分鐘，那傢伙從書架後面走了出來，就這樣忿忿地離去。相反地，及川早苗卻遲遲沒有出來，於是我走進去一瞧，她靠著書架，帶著奇怪的憂鬱表情看著我，然後無精打采地喃喃自語：「男人和女人之間就是不斷重複上演一樣的戲碼吧！」

看來，談判破裂了。

她回去後，那傢伙又跑回來，看他的表情，好像什麼都沒發生過。我忍不住問他：

「你把她甩了嗎？」

聽到這話，那傢伙的臉色突然變得很可怕，說：

「你別再做這種事了！」

可以確定的是，他初戀的對象不是及川早苗。話說回來，及川早苗如今在什麼地方，在做什麼呢？

希望別誤入歧途才好，雖然不關我的事，但也讓我很擔心。

藤井樹

又，也請告訴我你所認識的他。

藤井樹小姐：

你好。

我所認識的他，沉默寡言、散漫懶惰、不擅長和人打交道，我想一定和當時你認識的他差不多吧！

不過，他有很多優點。

這些優點，用言語是絕對說不完的。

他的右腿有點毛病，他曾說過是因為國中時發生了車禍的關係。

你記得發生過這件事嗎？

如果你知道，請告訴我。

渡邊博子

渡邊博子小姐：

你好。

說起來，那傢伙的確在國三剛開學時，發生了車禍。

我記得很清楚，因為那件事和我還扯上了一點關係。

有一天早上，那傢伙騎著腳踏車在上學途中被卡車撞倒，被救護車送到醫院。

班導濱口老師匆忙趕往醫院，所以那天早上的早自習是由學年主任來代課。

學年主任說，藤井出車禍，濱口老師到醫院去了，聯繫醫院後得知藤井沒有生命危險。在說明這些情況時，老師的眼光突然和我對上。

我無法忘記當時學年主任的表情。他呆呆地張著嘴巴問我：「藤井，你怎麼會在這裡？」

啊！啊！我心想，又來了。

不知怎麼回事，學校把我和那傢伙搞錯了，接下來是一場大混亂。學年主任飛奔出去，最後，早自習也取消了。更嚴重的是，我的父母接到打錯的電話，在醫院裡遇到了稍晚才趕到的他的父母。而且，除了班導、學年主任，甚至連校長和教務主任都趕去了，不過最驚訝的恐怕是受了傷的他本人。你沒聽他說過曾發生過這種事？

雖然那傢伙只是腳骨折，但不幸的是，這事剛好發生在田徑比賽前一個月。他是田徑隊的選手，比賽當然因而無法參加。由於他是眾所矚目的明星選手，所以大家都覺得很遺憾。

田徑比賽的參加隊伍涵蓋了小樽和札幌的中學，是相當盛大的比賽。這個活動對平時在學校操場上默默無聞的田徑隊來說，是唯一可以大顯身手的舞臺。

我們也被叫去當啦啦隊。

百米賽跑比賽開始了，不知道是第幾輪的預賽，選手們一字排開準備起跑時，那傢伙就站在第一跑道的選手身旁。

當然他站的位置是跑道外沒畫起跑線的地方。但他像其他選手一樣擺出了起跑的姿勢，就是蹲下、臀部抬高的那種姿勢。

我的腦中才剛閃過這個念頭，一瞬間，槍聲響起，同時，那傢伙也和其他選手一起跑了起來。簡直是亂來嘛！他骨折後還不到一個月呢。

（……不會吧！）

那傢伙根本不能跑，沒多久就跌個四腳朝天。

大家哄堂大笑。

他一站起來就滑稽地揮著手，一面朝觀眾打招呼，一面退場，但是其他出賽選手的學校，卻發出強烈的噓聲和鼓譟聲，瓶罐、鞋子滿場飛，場面十分混亂。他可真是一個會惹是生非的人。不過事情並沒有就此結束，因為選手們抗議，說比賽受到影響，要求重跑，於是場上出現許多裁判和相關人等，運動場上瞬間充滿混亂的氣氛。最後，主辦單位接受抗議，重新比賽。那傢伙被老師們罵得狗血淋頭，不知被帶到哪裡去了。

而且，那也成為那傢伙國中時代最後一次的短跑比賽。

後來，那傢伙退出了田徑隊（或許是被迫退出），可能是變得比較空閒了，所以經常到圖書室來。

但他還是一如往常地不幫忙，總是像個廢人似的一個人在窗邊眺望操場。

不過，就算他變成廢人，仍然沒有停止我以前說過的那種奇怪的惡作劇，就是在空白借書卡上簽名。

我能深刻體會他熱衷田徑的原因，可是，他熱衷這種惡作劇的真正原因，至今仍是個謎。

藤井樹

博子在工作室後面的辦公室裡等秋葉下班。透過小小的窗子，可以看到秋葉處於一群工作夥伴中忙碌的身影。看情形，還要等一會兒。

博子坐在搖搖晃晃的椅子上，陷入迷惑的深淵。

「讓你久等了，真對不起。」

說著，鈴美端茶進來。

「老師就快好了。」

「謝謝。」

博子若無其事地將拿在手上的東西藏了起來。

鈴美在博子身旁坐下。

「博子小姐，你還好吧？」

「什麼？」

「我沒有告訴別人。」

說完，鈴美笑了一下，博子也回以微笑。

「我本來是喜歡秋葉老師的。」

「知道是博子小姐之後，我就放棄了。因為我也喜歡博子小姐。」

鈴美笑著說。

「……」

「老師啊，好像從你還和以前的男朋友交往時就很喜歡你。他好像一直都在單戀你，你知道嗎？」

博子點頭。

「是嗎？那就好，希望你會讓老師幸福。」

「……是呀。」

「啊，老師也應該要讓博子小姐幸福才對。我會跟老師說的。」

說著，鈴美站了起來。

「你們今天要約會嗎？」

「什麼？」

「我看老師一早就繫了一條花俏的領帶。」

說完，鈴美回到工作室。博子輕輕地嘆了口氣。她手裡握著阿樹的來信，又一次把目光落在信上。

想著鈴美愛戀著秋葉，秋葉愛戀著博子，博子愛戀著藤井樹，藤井樹愛戀過去同名同姓的女孩，而那個女孩現在則回想著過去那個同名同姓的男孩。

愛戀本身就是件幸福的事。

不知為何有了這種感覺。然而，她又覺得獨自懷抱著不幸心情的自己，像失去生存意義般地悲慘。

走廊傳來〈青色珊瑚礁〉的歌聲，看來秋葉終於收工了。博子把信藏到皮包最下面。

「後來怎麼樣？還有來信嗎？」

「嗯，現在偶爾會通信。」

「是喔！看起來已經變成筆友了。」

兩人在車裡的交談從開始就一直是秋葉一個人在說話。應該是說，無論他說什麼，博子的反應都很遲鈍。

「我總覺得你最近沒精神。」

「……」

「怎麼了？」

博子用一個曖昧的笑容搪塞過去。

「對了！」

「什麼？」

「要不要去那座山裡看看？」

「……」

「和他打個招呼。」

「……」

「覺得如何？」

「……」

面對一言不發的博子，秋葉始終面帶笑容。

◎

幾天後，我收到她寄來的包裹，裡面細心地裝著照相機和底片。

而且，一張卡片取代了之前的信紙，上面寫著一行小小的字：

請幫我拍下他曾經跑過的操場。

渡邊博子

星期六的下午，我把博子寄來的照相機裝上底片，來到色內中學。畢業後第一次踏進校門，我的緊張多過懷念。特別是還帶著照相機潛入校園，總覺得自己像個間諜。

我的確是接受了博子委託的間諜，甚至還有一種被博子巧妙操控著的感覺。

往學校裡面走，沒看到半個人影，這才想到，現在正在放春假。我在空無一人的操場，按下了相機的快門。

她想要什麼樣的照片呢？我一邊思考一邊取景，但平坦的操場無論從哪個角度拍，看起來都一模一樣，很快我就沒靈感了。不得已，我只好把自己當成那傢伙，在跑道上邊跑邊按快門。即便這樣，底片還是沒用完。我用剩下的底片拍了校園裡的白楊樹，還拍了單槓、花圃、水龍頭、校舍。拍到這裡，突然產生想要潛入校舍裡面的念頭。我從沒想過，會帶著這種像小偷一樣的心情走在從前來去自如的走廊上。

教職員辦公室裡好像有人，從走廊上就可以聽到咕嚕咕嚕喝茶的聲音。我屏住呼吸，躡手躡腳地走過辦公室，在前面的轉角轉了彎，正當鬆了一口氣的時候，抬頭一看，一位老師站在我面前。

「你是校外人士吧？」

我不知該如何回答，躊躇著不知如何是好。那位老師大步走向我，他的走路方式和容貌讓我想起來了。

「濱口老師。」

我不假思索脫口而出，對方似乎一時間沒想起來，再三地打量著我。

「我是，三年二班的……」

「啊！」

「我是藤井。」

「藤井同學！」

「是的，是我。您還記得嗎？」

「三年二班，藤井樹，學號是……」

竟然連這都記得！或許這是身為老師的堅持，但他還是思考了一下。

只見他一邊屈指算著，一邊喃喃自語，好像唸咒語一樣，唸出一串聽起來有點耳熟的名字。

「相澤、岡崎、加藤、小山、佐藤、佐藤、莊司、服部、藤井、八重樫、橫內、和田、渡瀨……」

那是國三時的學號。數完了男生，濱口老師又數到女生的學號。

「佐藤、遠藤、大田、神崎、鈴木、土屋、寺內、中島、野口、橋本、藤井、船橋……」

然後他將已經壓下的一根手指重新豎起來。

「二十四。」

聽他這麼一說，我才想起來，自己的確是二十四號。

「好厲害！為什麼會記得?!」

我不由得鼓掌。

「今天有事嗎？」

「沒有，隨便逛逛。」

「這裡沒什麼好隨便逛逛的吧？」

「有個朋友託我來拍學校的照片。」

這可是真的。

「學校的照片？用來做什麼？」

「……這個，我也不知道。」

這也是真的。老師沒再追問下去，幫了我大忙。老師說剛巧今天有事要去圖書室，他才到學校的。

「對了，你以前還是圖書管理員呢！」

他真的什麼都記得。

「其實，我現在也是。」

「什麼？圖書管理員？」

「我現在在市立圖書館工作。」

「啊，是嗎？」

「嗯，好像是命中注定的。」

「這麼說來，以前在學校圖書室的工作也不是沒有幫助嘛！」

「我以前就喜歡當圖書管理員。」

「是呀。我以前就覺得你是個不一樣的孩子。」

聊著聊著，我們來到了圖書室。

「要不要進去看一看？」

圖書室裡有幾個學生，大家正在整理書架。

「啊！今天是書架整理日嗎？」

「對呀。」

「我以前也在春假的時候來學校整理過。」

「這是圖書管理員的工作呀。」

「大家集合！」

在老師的號令下，學生們圍了過來。

「這是你們的學姊，藤井。」

突然被介紹，我慌亂地和大家打招呼。

「你們好。」

忽然來了一個陌生人，或許學生們也感到困惑吧？他們靦腆地面面相覷，竊竊私語了起來。

但我總覺得情況不對勁。竊竊私語聲中夾雜著我的名字，我正在猜他們在談論什麼時，一個學生突然問我。

「你是藤井樹嗎？」

我嚇了一跳，學生們噗嗤地偷笑起來。

「你們認識她？」

老師替我問。

「什麼？真的嗎？」

剛才猜中我名字的那個學生吃驚地問。突然間，學生們騷動起來，「騙人！」「真的假的？」七嘴八舌亂成一團。我完全不明白發生了什麼事。

一陣騷動過後，學生們向我說明原因。

「學姊對我們來說可是個傳奇人物。」

「這太誇張了吧！」

「找到了！」

有一個學生拿著一本書走過來，打開封底裡，抽出裡面的卡片給我看。

「你看這個。」

我一看卡片，嚇了一跳。那是他惡作劇時寫下「藤井樹」的那張白色借書卡，沒想到還留著呢！

學生們全都圍在我身邊，一起看著那張借書卡，接著詳細地告訴我緣由。

「我們之間很流行一個『尋找藤井樹』的遊戲。」

「是啊是啊！」

「最早是誰發現的呢？」

「是久保田吧？」

「啊，對了，是久保田，久保田！」

「他發現有好多張這類的借書卡。一開始並沒有流行，不過漸漸發現確實有好多張時，才蔚為風潮。」

「後來我們又找到了好幾本書。」

「大家開始比賽誰找得最多。」

「『尋找藤井樹』這個名稱是誰取的？」

「不知道是誰？」

「而且，我們還做了一個表格。」

「這個、這個。」

學生們還給我看了那張表。

「現在是我找到最多。」

「前川不是緊追在後嗎？」

「現在已經變成男女對抗賽了。」

「那，還有很多嗎？」

「不知道，就因為不知道才有趣。」

「對吧。」

「對吧。」

怎麼說好呢，雖然說不清楚，但是我深受感動。不過是借書卡罷了，可是那傢伙十年前寫下的名字，在這裡還保存得完好如初，我覺得這是個奇蹟。

「不過，我們真沒想到會見到本人。」

「是啊。」

「是啊。」

大家似乎誤認為那是我簽的名字。

「你們搞錯了，這不是我寫的。」

一瞬間，大家都露出一臉難以置信的表情，把視線同時集中在我身上，使得我不得不向他們解釋。

「是另外一個圖書管理員的惡作劇。」

大家似乎認同地點點頭。對他們來說，謎一樣的「藤井樹卡片」的起源，現在就要揭曉了。大家都屏住呼吸等待著我的解釋。

「……就這樣而已。」

大家露出「怎麼可能只有這樣」的表情。其中一個女學生說：

「是別人寫下了學姊的名字？」

「什麼？」

大家似乎把卡片上的名字誤認為我的名字了，誰叫我們同名同姓。

「那個人是男生嗎？」

「什麼……是的。」

「那個男生肯定很喜歡學姊。」

「啊？」

「所以才寫了這麼多學姊的名字。」

學生們又一陣騷動，自顧自地唧唧喳喳，有的還說「這是愛情故事吧」，讓我無法置若罔聞。

「不是這樣的，不是的。」

但沒人聽我解釋。

「藤井……」

老師拍拍我的肩膀。

「啊？」

「你臉紅了。」

我用手摸摸臉頰，自己感覺到臉頰發燙。學生們看到我臉紅，更加鼓譟，整個情況已經一發不可收拾了。

我想都沒想過，會在自己的母校留下了一段戀愛傳奇，而且恐怕還會代代流傳下去。算了，這也沒什麼不好。

我向他們要了兩張「愛的借書卡」留作紀念，然後離開了圖書室。一張我打算寄給渡邊博子，不過不知道為什麼，自己也想要保留一張。

我把卡片和照片裝在一起，寄給了渡邊博子，同時在信裡，把在學校發生的意外也詳細地告訴她。

幾天後，接到了回信。

這封信寫得很短而且似乎意有所指。

藤井樹小姐：

謝謝你的照片和卡片。

不過，他寫的真的是他的名字嗎？

渡邊博子

10

接到遇難通知後，博子立即趕往現場。她先搭新幹線，中途換搭地方電車，從那時候開始，時間就特別漫長。地方電車只有兩節車廂，而且每站都停，博子焦急的心情和悠閒地在她眼前展現的鄉村風光形成強烈的對比。大老遠就能聽到平交道的警鈴響起，而且響鈴的時間長得讓人難以置信，扛著大件行李上車、做小販生意的歐巴桑們，看起來好像一隻隻蝸牛。每當列車為了遲到的乘客而暫停時，博子都會焦躁地嘆氣。

這種寧靜又緩慢的鄉下時間，對於突然闖入的博子的心情來說，就好像不知何處吹來的風，搖曳著枯枝，翻動著天邊的雲，甚至吹動了結冰小溪底部的石子。

好不容易抵達車站，接下來簡直是場硬仗。博子乘坐當地消防隊的卡車抵達山腳下，看到許多人在臨時搭建起來的指揮帳篷四周大聲說話。那座被雲遮住山頂的巨大山峰就矗立在眼前。

他的父母已經趕來了，待在帳篷裡。兩人的臉色都非常憔悴。不只他們兩位，在帳篷裡等候的還有其他登山隊隊員的家屬，大家都失魂落魄，不安地仰望山頂。

博子抵達後，過了二十分鐘，直升機沿著山脊下山了。飛機在轟隆隆的聲響中，降落在眼前的雪地上，簡直就像電影裡的畫面。博子屏息以待。

救難隊員走下直升機，抬出一個個擔架。家屬們紛紛圍了過去。

「沒事，大家都很好。」

一個像是隊長的人喊道。

最後一個是秋葉，他扶著救難隊員的肩膀自己走下來。博子跑到秋葉身邊。

「秋葉！」

秋葉一看到博子的臉，忽然放聲大哭，就好像迷路的孩子突然找到媽媽，想不到一個大人竟也能哭成這樣。秋葉完全像孩子那樣放聲大哭，一邊哭還一邊喊叫：

「原諒我，博子！原諒我！」

博子後來才知道，秋葉他們放棄了掉進山崖裂縫裡的他。而在那之後，登山隊又在山裡迷路了三天才被救難隊發現。救難隊的隊長說這些人能活下來簡直太不可思議了，並給予秋葉在隊友遇難時的果斷指揮高度評價。這就是所謂的奇蹟的生還。

兩年後，博子和秋葉一起搭上只有兩節車廂的地方電車。

「下一站就到了。」

秋葉這麼一說，博子嚇了一跳。兩年前覺得那麼長的一段路，今天卻一轉眼就到了。博子突然開始變得焦躁，坐立難安。

◎

明明已經四月了，那天早上卻特別冷，冷得像快下雪一樣。喉嚨突然感覺到莫名地燥熱，也許又要感冒了。

下午，情況沒有好轉，我決定提早下班。

「我要去一下醫院，麻煩你們了。」

我這樣說，綾子訝異地看著我。

「阿樹自己說要去醫院，真是稀奇啊！」

她說的沒錯。不過，我也不知道為什麼今天竟然沒有抗拒醫院。綾子反倒顯得很擔心。

「你沒事吧？」

「嗯，我還是趁著還沒改變主意之前趕快去。」

綾子仍然顯得很不安。現在想起來，我也覺得不太敢相信。當時的確沒什麼大不了的。我在醫院看診時，醫生說不必擔心。

「吃了藥，先別洗澡，好好休息，我會開三天的藥給你。」

我呆呆地望著自己的胸腔X光片，胸腔附近出現的淡淡陰影是怎麼回事？

「醫生，這是什麼？」

「啊，稍微有點陰影，因為肺部有點發炎。」

「肺炎？」

「哈哈哈，你先試著繞醫院拚命跑一圈。」

「什麼？跑步？」

「那樣的話，今天晚上就可以當個真正的肺炎病人來住院了。」

說完，醫生不當一回事地大笑起來。

回家路上，我正打算攔計程車，卻被身後的聲音叫住，是濱口老師。

「啊，藤井，又遇到你了。」

「啊，您好。」

接下來，不知怎麼地，兩個人竟一起走了一段路。

「從那次之後，那些孩子玩那個遊戲玩得更起勁，還真的掀起了一股風潮。」

「真糟糕。」

「你也留下了一個意外的禮物給他們。」

「真不好意思。」

「做那件事的那個人是誰啊？」

「什麼？」

「寫下你名字的那個人。」

老師說完，意味深長地看著我。看起來，老師也完全相信了那個初戀故事。

「不是的，那不是我。」

「咦？」

「那不是我的名字。」

「……嗯？」

「您不記得了嗎？不是還有一個藤井樹嗎？」

「……」

「有吧？同名同姓的。」

「啊！」

「是那傢伙的惡作劇。」

「……」

「您想起來了嗎？」

「啊啊！是男的藤井樹。」

「對！」

「學號是九號。」

「哇，好厲害！」

「……」

「您一下子就想起來了。」

「因為他比較特別。」

「？」

「他已經死了。兩年前。」

「……」

「在雪山上發生山難。」

「……」

「你不知道嗎？當時新聞還大肆報導呢！」

我不記得之後和老師在什麼地方、怎麼分開的。恢復意識時，我在計程車裡劇烈地咳嗽。

「你沒事吧？」

往窗外一看，的確是在回家的路上，正經過商店街。傍晚時分，街上到處都是買東西的人，計程車緩慢地通過。

父親死的那天，我和媽媽還有爺爺就是走這條路回家的。當時是新年的第三天，商店都沒開，街上不見人影。

我在路中央發現了一個大水窪，那種季節，水窪自然是連底層都結冰了。我助跑之後，往冰面上溜了過去。

媽媽嚇了一跳，喊道：

「傻瓜，會摔倒的！」

可是我沒有摔倒，我在那冰面上輕鬆地滑著。

那水窪可真大。而且出乎意料地，我滑得很好。滑了很長一段時間才停下來，那種感覺至今難以忘懷。我在水窪旁邊停下，在腳邊發現了一個奇怪的東西。

我蹲下來仔細端詳，媽媽和爺爺也走過來一起看。

媽媽說：

「……蜻蜓？」

的確是蜻蜓，被凍結在冰裡的蜻蜓。奇怪的是，翅膀和尾巴都是在伸展的時候被凍結的。

「真漂亮。」

媽媽只說了一句。

突如其來的緊急剎車把我拉回現實。計程車失去控制，在馬路中央打轉。車外提著購物袋的主婦們嚇了一大跳，引起一陣騷動。滿臉怒氣的歐巴桑們朝車裡張望，我不由自主地低下頭。

恢復控制的計程車逃難似地駛過商店街。

「糟糕，我忘了，那邊有個大水窪，冬天結了冰很危險。」

我邊咳嗽邊點頭。

「下雨？……冰雹？」

司機動了一下雨刷。

冰雹的顆粒在車窗上拖出了一道白色的痕跡。

「已經四月了，怎麼還會下雪啊？」

不知何時，天空已被厚重的烏雲籠罩。

◎

在車站下了車的博子，把外套的衣領豎了起來，微微顫抖著。秋葉提著行李走在前面。

「冷嗎？」

博子搖頭。

「終於還是來到這座有不解之緣的山。」

說完，秋葉深深地吸了一口氣。

「我有個朋友住在前面，他姓梶，大家都梶老爹、梶老爹地稱呼他。俗話不是說地震、打雷、火災、老爹這四種最可怕嗎？所以他就才被稱為『梶老爹』。今晚我們就住在梶老爹那裡，明天一早再往山裡出發。」

「……」

「梶老爹是個好人，博子很快也會喜歡他的。他說今晚要準備火鍋等我們。」

秋葉左一句梶老爹、右一句梶老爹想逗博子開心，博子卻沒有什麼反應。

在鄉間小路上走了一會兒，秋葉突然停下腳步，指著遠方。

「啊，你看那邊……從這裡就可以看到山頂。」

可是博子一直看著自己的腳，沒有抬頭。秋葉雖然察覺到了，卻沒有多說什麼，只是大步地向前走。然而當他回頭一看，博子卻仍然站在那裡。

「怎麼了？」

「……」

「博子！」

「……」

「怎麼了？腳痛嗎？」

秋葉往回走，把手搭在博子肩上。

「你怎麼了，抖得這麼厲害？」

「……」

「冷嗎？」

「……」

「博子！」

「不行！」

「欸？」

「我還是沒辦法！」

「……」

「我們到底在做什麼？我們不該這麼做的！」

「……」

「不該這麼做啊！」

「博子。」

「他會生氣的！」

「不會的。」

「回去吧！」

「博子。」

「求求你，我們回去吧！」

「我們是為何而來？難道不是要來告別過去的嗎？」

「求求你。」

「你必須要告別過去啊！博子！」

「……」

「博子！」

秋葉抓住博子的手腕，強拉著她。可是博子的腳就像生了根一樣動也不動。

「……博子！」

「……求求你。」

「怎麼了？」

「求求你……讓我回去吧！」

暮色漸漸籠罩了四周。

◎

我回到家，暫時動也不動地躺在床上。什麼都不想做，也沒有力氣去想任何事。

好像有點發燒。我把枕邊的體溫計夾在腋下量體溫。

媽媽在廚房準備晚飯。看到我搖搖晃晃地走過來，她隨口說：

「幫我拿個盤子。」

我把體溫計給媽媽看。

「什麼事？你量體溫了？幾度？」

媽媽邊說邊看體溫計。

「這體溫計好像有點壞了。」我說。

這時，我看見媽媽的臉色突然變了，她轉身用手摸我的額頭。

「阿樹！」

我聽見這樣的叫聲。但我只記得這些，接下來的事就記不太清楚了。

昏沉中，不時傳來媽媽和爺爺的叫聲。

……我不知道身在何處，感覺好像正下著雪。

11

媽媽把突然倒在眼前的我抱住，然後大聲喊著客廳裡的爺爺。

「爺爺！爺爺！」

爺爺被這不尋常的喊叫聲嚇了一跳，飛奔進廚房。

「救護車！」

媽媽大喊。

「打電話給一一九！」

「發生什麼事了？」

「先別管，快去打電話！」

「噢……」

爺爺返回客廳，立刻打電話給一一九。

「喂喂，這裡有人需要急診。」

可是，對方卻說，就算救護車立刻出發，也要花一個小時才會抵達。

「再怎樣也不可能需要那麼久的時間啊！」

爺爺不自覺地提高聲調。接著，電話那頭不知說了什麼，爺爺邊說「等一下」，邊去掀開了窗簾。

窗外正下著大雪，爺爺臉色變得鐵青。

媽媽正在廚房鑿冰塊做冰枕，爺爺回到廚房。

「救護車呢？」

「不能等了。」

爺爺說完，把躺在地板上的我抱了起來。

「什麼？你沒叫救護車？」

爺爺沒有回答。

「等一下，你要幹什麼？」

「把毛毯拿來！」

「你要幹什麼？」

爺爺把我背在背上，走出廚房。媽媽從後面追上來，攔住了爺爺。

「難道你想叫計程車？」

「如果攔得到計程車，十五分鐘就可以到醫院了。」

「不要指望計程車，攔不到的。」

「如果不行就走過去。」

「你在說什麼傻話呀？那行不通的，快叫救護車！」

「救護車說要一個小時。」

「什麼？為什麼？」

「你看外面！」

媽媽看了看外面，接著，她的臉色變得和爺爺之前的反應一樣，一句話也說不出來。

「別管那麼多了！拿毛毯來！毛毯！」

爺爺大聲怒吼。可是媽媽呆呆地看著窗外一動也不動。爺爺沒有辦法，背著我朝大門走去，媽媽回過神來，又慌慌張張地打電話給一一九。

爺爺又走了回來。

「是，我們已經用冰塊降溫了。」

媽媽聽著電話中的急救處理法。

「你在幹什麼！在跟誰講電話？」

媽媽用手壓住聽筒，對爺爺說：

「爺爺等一下，把阿樹放下來。他們說要注意保暖。」

接著她又講電話。

「然後呢？是，是！」

「喂！」

「爺爺，我不是說過了嗎？讓阿樹躺在那兒，注意保暖！」

「急救方法我剛才已經問過了！」

「就把她放下來照做吧！」

「就算把她放下來，救護車也不會來的！」

「他們說會來的，一個小時左右。」

「不能等那麼久！」

「還是等著比較好，對方也是這麼說的。」

接著，她又和電話那頭確認了一遍。

「一個小時就能來吧？能來吧？」

爺爺再也忍不下去了，背著我走出客廳。媽媽看見，立刻放下聽筒，從後面追了上來。

爺爺正在玄關穿鞋。

「爺爺，鎮定一點！把阿樹放下來。」

「你別管了，快拿毛毯來。」

「攔不到計程車的。」

「……」

爺爺似乎什麼都聽不進去了。一陣莫名的恐懼突然朝媽媽襲來，她不由自主大喊：

「你連這個孩子都想害死嗎？」

爺爺驚訝地轉過身來。

媽媽硬把我從爺爺背上拉了下來。

爺爺想把我搶回去，可媽媽比他更快地抱住我，抱著我躲到走廊的角落裡。

爺爺一直站在玄關，瞪著媽媽。

媽媽抱著我說：

「你忘了他當時的情況了嗎？爺爺，你回想一下啊！」

「……」

「不聽一一九的指示，隨便跑去攔計程車，結果，根本攔不到，不是嗎？」

「……」

「所以你就背著他走到醫院，想起來了嗎？」

「……」

「最後因為延誤治療所以他才死掉的！」

「……」

「同樣的事情，你想讓它再發生一次嗎？你想連阿樹都害死嗎？」

「……外面在下大雪。」

「這種時候不按專家的指示去做是不行的。你明白嗎？」

「她會愈來愈嚴重的。」

「這種時候，聽醫生的話是最安全的。」

「如果因為這樣而延誤了，該怎麼辦？」

「所以我說……」

「如果那樣怎麼辦？」

「外行人的想法是最危險的，你怎麼還不明白呢？」

「醫生會考慮天氣的因素嗎？」

「爺爺！我不會就這樣讓你把她帶走的。」

「這次會沒事的。」

「不行！」

「沒問題的！」

「爺爺！」

「把阿樹交給我！」

爺爺穿著鞋走進屋來。

「爺爺！不行！」

爺爺不顧一切地想把我從媽媽手裡搶過來。媽媽一邊奮力抵抗一邊喊：

「你冷靜一點！放手！」

「應該冷靜的是你！」

「爺爺！」

這時，爺爺突然鬆開了抓住我的手，深深地嘆了一口氣，站了起來。

「……那時候」

「？」

「……走到醫院花了多久時間？」

「……很長時間。在那種情況下，不是花了很長時間嗎？」

「多少分鐘？」

「……什麼？」

「你不知道嗎？」

「一個小時……花了一個小時。」

「沒有。」

「花了一個小時以上啊！」

「四十分鐘！」

「……」

「當時花了四十分鐘！」

「不只那個時間！」

「不是，沒花那麼長時間。」
「……」
「你要我說得更精確嗎？從家門口到醫院的大門用了三十八分鐘！」
「……」
「儘管如此，還是沒趕上。當時不管怎麼做都來不及！」
「……」
「現在就出門的話，能在救護車到這兒之前到達醫院。」
「根本不可能在這麼大的雪裡走啊！」
「我不用走的！」
「咦？」
「我用跑的！」
「……那是不可能的！」
「我在雪地長大，這種雪根本不是問題。」
「……」

媽媽腦中一片混亂，不知所措。

「你決定要怎麼辦？」

「……」

「阿樹是你的女兒，你決定吧！」

媽媽也不知道自己怎麼會改變主意的。

「……我去拿毛毯！」

媽媽說完，把我交給爺爺，然後拿來毛毯。爺爺用毛毯把我緊緊裹住。這時，媽媽拿了件外套過來，爺爺穿上外套，把我背在背上，立刻衝進大雪中。

爺爺真的用跑的。媽媽好不容易才追上。不過，跑著跑著，爺爺的速度漸漸慢了下來，這下媽媽開始不斷地停下腳步等他。

爺爺氣喘吁吁地上氣不接下氣，步履也開始蹣跚。事情發生到現在，媽媽才發現，他們兩人都忘了一件最重要的事。

「爺爺！」

「啊？」

「可是，那是十年前的事了啊！」

「那又怎麼樣？」

「你今年七十五了吧？」

「七十六！」

媽媽陷入絕望的情緒中。

「別擔心！就算賠上我這條命，我也會在四十分鐘內把她送到醫院的。走吧！」

說完，爺爺又竭盡全力地跑起來。媽媽除了祈求上天，已經沒有別的辦法了。

最後，步出家門四十二分鐘後，我們到了醫院。我就這樣被送進加護病房。護理長對媽媽說：

「剛剛救護車打電話給我們，說因為這場大雪的關係，還沒到達你家。

我告訴他們病人已經到醫院了，他們大吃一驚，聽說你們是從錢函過來的？這麼大的雪，你們怎麼來的？」

「走路……不，其實是跑來的。」

「跑？背著女兒？了不起！」

護士長十分感動。

「果真為母則強啊！」

媽媽老實地糾正。

「不是我，是她爺爺。」

「……怎麼可能？」

這個英勇的爺爺因為呼吸困難而陷入昏迷，目前正和孫女一起躺在加護病房的病床上接受治療。

◎

一直生活在都市中，很少真正體會到夜晚的黑暗。山裡的夜晚就是名副其實的黑夜。秋葉和博子一直在黑暗中走著，終於看到遠處一戶人家的燈光。

「就是那裡！」

秋葉指的是梶老爹的家。看起來還很遠，可是沒想到走起來比想像中更遠。他們終於抵達這間像是給登山客住的木屋。

站在玄關，博子還是無力地垂著頭。

「就今天一個晚上，我們住在這裡，好嗎？」

秋葉溫柔地說，然後敲了敲木門。

看見從裡面走出來的梶老爹，博子不知不覺地舒緩了嘴角的肌肉。

「怎麼這麼晚？阿茂！」

「好久不見，你好嗎？」

兩人感觸深長地互相擁抱，接著秋葉介紹了博子。

「這是渡邊博子。」

「啊，你好！」

梶老爹伸出手和博子握手，博子也伸手，但卻一面拚命地忍著笑。博子並不會對第一次見面的人這般失禮，實在是因為眼前這個人頭髮居然是豎直的，她才忍不住笑了出來。

正如秋葉所說，梶老爹是個很豪爽的男子，所以博子很快就和他熟稔了起來。梶老爹特製的野菜火鍋也很好吃。

大夥聊得起勁，不知不覺聊到了他。

「真可惜啊，那麼好的人，卻這麼早就死了。」

梶老爹喝了一口湯說著。

「博子以前沒見過梶老爹嗎？」秋葉問博子。

「咦？」

然而，博子一點印象也沒有。

「對不起，好像……」

「你不記得這張令人印象深刻的臉？」

「渾蛋！讓人印象深刻的只有這顆頭而已吧！」

梶老爹摸摸自己的頭髮，然後對博子說：

「可能當時我戴著登山帽。」

博子還是沒想起來，秋葉對困惑的博子解開謎底。

「梶老爹當時也是登山隊員之一，在藤井遇難的時候。」

「啊！」

博子終於想起來了。

「不過，當時你的頭髮……」

「是的，頭髮比現在多。」

「哈哈哈！」

秋葉大笑。

「不過他是個很了不起的人。自從發生那次山難之後，他就在這兒照顧登山的人。」

「真的啊？」

「沒什麼，因為遇過山難，我比任何人都瞭解那座山的情況。我會告訴要登那座山的人們，這裡危險、或是這種天氣最好要注意，但他們總是對我敬而遠之。」

「梶老爹很了不起，換成我們的話，早就逃離這座山了。」

「你還想登山嗎？」

「這個……已經不可能了。」

「為什麼？」

「我……怕了。」

氣氛突然沉靜下來。但是，沒有人刻意再炒熱氣氛，兩個人都只靜靜地喝著酒，沉浸在各自的回憶裡。

博子看看秋葉，又看看梶老爹。現在，兩個人的腦海裡一定湧現了遇難時的情景。那殘酷的回憶也許是博子無法想像的。然而，兩人的表情都非常平靜。這種平靜的表情，讓博子覺得似曾相識。

或許是喝醉了，梶老爹突然哼起歌來，博子聽出那是松田聖子的〈青色珊瑚礁〉。

「為什麼？這首是你們的主題曲嗎？」

博子這樣問。

「啊？」

梶老爹露出驚訝的神情。

「這首歌是那傢伙臨終前唱的歌，當時他跌落懸崖看不見人影，唯一聽得到的就是這首歌。」

博子說不出話來，不禁看著秋葉。

「為什麼人生的最後一刻偏偏唱松田聖子的歌呢？那傢伙不是很討厭松田聖子嗎？」

秋葉苦笑地說著。

「真是個怪人！」

「是啊！」

沉默又再度籠罩了三個人。他就存在於三個人之間，對他的想念，盤踞在各自的腦海裡。

博子回過神時，自己也不知不覺聊起了關於他的話題。

「他從來沒向我求過婚呢！他只是把我叫到摩耶山的掬星台上，手裡拿著一個戒指盒，可是他什麼都沒說。我們兩個人默默地在長椅上坐了快兩個小時。那時，我覺得他好可憐，最後沒辦法，我只好主動對他說，我們結婚吧！」

「博子說的？」

秋葉突然驚呼。

「沒錯，然後這個人……」

「怎麼了？」

「只說了一句『好啊』。」

「哈哈哈哈哈哈！」

梶老爹大笑起來。但博子並不是要把這件事當成笑話來說。梶老爹注意到博子的表情，抓了抓頭。

「對不起。」

「不過，那傢伙在女孩面前真的很不乾脆。」秋葉說。

這一點博子最清楚。

「沒錯，但這也成為美好的回憶了。」

「是啊。」

「他留給我很多美好的回憶。」

「是啊。」

「不過，我還想要更多。」

「……」

「所以才寫了信。」

「……」

「即使他死了，我還是一直纏著他。我真是個相當無理取鬧的女人啊！」

「……」

「是任性的女人啊！」

說完，博子拿起了喝不慣的當地酒。

第二天早上，天還沒亮，博子就被秋葉叫醒。

「博子，馬上就日出了，要不要去看看？」

博子披上外套，和秋葉一起走到外面。博子睜大眼睛，美麗的山峰就聳立在眼前。

秋葉說：「就是那座山。」

博子不自主地移開了視線。

「你好好看清楚吧！因為藤井就在那裡。」

博子慢慢地抬起頭，莊嚴雄偉的山峰佔據了她的視野。

博子的眼淚奪眶而出。

秋葉突然對著山大喊：

「藤井，你還在唱松田聖子的歌嗎？那邊冷不冷啊？」

他的喊叫聲傳來了回音。秋葉又大喊：

「藤井，把博子交給我。」

回音重複著那句話。接著，秋葉自作主張地回答，他大喊：

「好啊！」

回音又再度響起。秋葉得意地對著博子笑了起來。

「他說『好啊』。」

「……秋葉你真狡猾。」

「哈哈，博子也跟他說句話吧。」

他這麼說，博子也想對他大喊，但身邊有人，她覺得不好意思。於是她跑到了雪地中央，放聲大喊：

「你．好．嗎？我．很．好！你．好．嗎？我．很．好！你．好．嗎？我．很．好！」

喊著喊著，淚水哽住了喉嚨，再也發不出聲音來了。博子哭了，簡直像個孩子似的放聲大哭。

梶老爹邊揉著眼睛，邊打開了窗戶。

「一大早是在吵什麼？」

「別打擾她，現在說得正起勁呢！」

12

渡邊博子小姐：

你好。

我爸是因為感冒久治不癒而過世的。這件事發生在我國中三年級時的新年。

新年期間就忙著辦喪禮，讓家裡亂成一團。喪禮結束後，媽媽又因為過度勞累而病倒了。所以，即使新學期已經開學，我還是能暫時不用去上學。

有一天，我買東西回來，發現玄關站著一個人。

我正猜是誰，原來是他。

不過他看見我時，大概也嚇了一跳。

我問他，「你在這裡做什麼？」他居然還反問我：「你才是，為什麼在家？」然後，我們異口同聲地問對方：「怎麼沒去上學？」我還記得那奇妙的瞬間。我還以為他找我有什麼事，原來是要我幫他歸還從圖書室借出來的書而已。我記得是三本或四本的《追憶似水年華》。這種書就算擺在中學的圖書室裡，也不會有人去碰。姑且不管這些，當我追問他為什麼非要我幫他歸還，他卻說，就是因為沒辦法去還，所以才來拜託我。我問他為什麼，他也沒說理由。

他只說，你別管為什麼，拜託你了。硬把書塞給我，就回去了。

直到一週後，我終於到學校上課的那天早上才知道真相。

一進教室，我發現他的桌子上擺著花瓶。

我的心跳幾乎要停止了。結果，這不過是男生的惡作劇罷了。

我問了同學，他們說他突然轉學了。原來如此，所以他才沒辦法還書。

你猜我接下來做了什麼？

我說：「我討厭這種玩笑！」隨即就把他桌上的花瓶砸爛了。

那一瞬間，班上變得鴉雀無聲，所有人的目光都集中在我身上。現在想想，為什麼那麼做，我自己也不清楚。不過，我一定是在生什麼氣吧！至於是為了什麼事，我已經想不起來了。或許當時我自己也不清楚。

接下來，我一個人去了圖書室。為了實踐對他的承諾……這麼說是不是有點誇張？總之，我只是把答應替他還的書如實地歸還圖書室。

這是我們之間最後的插曲，也是最後一個我能告訴你的故事。

藤井樹

爺爺和我一起出院了。

當媽媽和阿部粕姑丈問我們想要什麼樣的出院禮物時，我和爺爺都要那間住慣了的房子。阿部粕姑丈則為了要如何處理那間公寓而一個頭兩個大。不過，媽媽同意了。

「如此一來，就可以看看是爺爺先死、還是那棟房子先塌掉。」媽媽雖然這麼說，可是十之八九，恐怕還是房子會先塌掉吧！

爺爺才剛恢復健康，今天就精神抖擻地在院子裡翻土了。

我還沒有恢復到那種程度，只能坐在緣廊看信。這是博子寄來的最後一封信。大信封裡還裝著之前我寫她的所有的信。

藤井樹小姐：

你好。

這些回憶是屬於你的，所以我覺得應該保留在你這裡。我想，他以前一定喜歡過你。我很慶幸，他喜歡的那個人是你。謝謝你一直以來的回信。我會再寫信給你的。

……總有一天會再見的。

渡邊博子

翻過信紙，背面還附註一行字。

附帶一提，

你應該也喜歡他吧？

「沒這回事！」

我對著信這樣說道。

「咦？」

爺爺會錯意，轉過頭來。

「國中時有一個同名同姓的同班同學，還是個男生。」

「……然後呢？」

「就這樣。」

「是你的初戀情人？」

「不是那回事，只是有這麼一個人。」

「嗯……」

爺爺望著庭院發呆。

「換爺爺說了。」

「阿樹，你看那裡。」

爺爺指著院子裡長著的一棵樹。

「種那棵樹時，我給它取了個名字，你知道是什麼名字嗎？」

「不知道。」

「就叫『樹』。和你名字一樣。」

「騙人！」

「那棵樹是在你出生時種的，所以給你們兩個取了同樣的名字。就是你和那棵樹。」

「……什麼？」

「你不知道嗎？」

「不知道。」
「這件事沒人知道，這種事就是沒人知道才別具意義。」
爺爺一邊說，一邊笑嘻嘻的。
「真的嗎？不是剛編出來的故事吧？」
「不是說了嗎？正因為沒人知道才別具意義啊！」
關於這件事，到最後，真相始終還是一個謎。

◎

遙香、阿彩和惠子是色內中學的圖書管理員。
最近流行一個叫「尋找藤井樹」的遊戲。
有一天，一個叫做久保田的男生在圖書室偶然發現了一張卡片。一張只簽有「藤井樹」這個名字的借書卡。這證明這本書只有藤井樹一個人借過。後來，這樣的書又發現好幾本，卡片上都只有藤井樹一個名字。久保田每天都廢寢忘食地尋找這種書。不久，其他圖書管理員也知道了這件事，不知何時開始，大家便爭相尋找這種書。

這就是「尋找藤井樹」的遊戲。

有一天，又發現了一張新的借書卡。發現它的鈴木遙香覺得，唯有這張卡片應該送給原本應該擁有它的人，於是和夥伴們一起來到那人的住處。那個住處，也就是我家。

面對突然出現的客人，我嚇了一跳。

學生們顯得有些害羞而躊躇不前，結果遙香說：

「我們發現了一件好東西。」

說著，把一本書遞到我眼前。那是馬塞爾．普魯斯特的《追憶似水年華》。就是他那時所留下的那本書。

學生們對著目瞪口呆的我喊著：「裡面，裡面的借書卡！」我照著他們所說，看了看裡面的借書卡，上面有藤井樹的簽名。可是學生們依舊嚷著：「背面，背面！」

我不明就理，毫無防備地把那張借書卡翻了過來。

我說不出話來。

那是中學時代的我的畫像。

回過神來，發現他們正津津有味地偷看我的表情。

我一邊故做鎮定，一邊想把卡片放進口袋裡。但不巧的是，這件我喜歡的背心裙上竟然沒有任何口袋。

文學森林 LF0022

情書
ラヴレター

作者
岩井俊二

一九六三年一月出生於日本仙台市。自橫濱國立大學美術系畢業後，開始從事影像導演、寫作、編劇與音樂創作等工作。曾以《向上打的煙火是要從下看，還是從旁邊看？》獲得日本電影導演協會新人獎，《情書》是他第一部長篇電影作品，票房與口碑兼具。之後，岩井俊二陸續編導《燕尾蝶》、《夢旅人》、《四月物語》、《青春電幻物語》及《花與愛麗絲》等作品。

岩井俊二除了劇本創作外，也推出小說作品，包括《情書》、《燕尾蝶》、《關於Lily Chou-Chou的一切》和《華萊士人魚》。最新作品是以核災為背景的《守護庭院的看門犬（暫譯）》。

譯者
王筱玲

自由編輯工作者，譯有：《小星星通信》、《圖說西洋美術史》。

張苓

北京師範大學日語系畢業，現職出版社外國文學編輯部副總編。譯有：《燕尾蝶》、《關於Lily Chou-Chou的一切》等作品。

美術設計　黃思維
封面攝影　IVY CHEN
責任編輯　鄭偉銘
行銷企劃　詹修蘋
版權負責　陳柏昌
副總編輯　梁心愉

初版一刷　二〇一二年五月二十八日
初版六刷　二〇二三年十二月二十六日
定價　新台幣二八〇元

ThinKingDom 新経典文化
發行人　葉美瑤
出版　新經典圖文傳播有限公司
地址　臺北市中正區重慶南路一段五七號一一樓之四
電話　02-2331-1830　傳真　02-2331-1831
讀者服務信箱　thinkingdomtw@gmail.com
粉絲專頁　http://www.facebook.com/thinkingdom/

總經銷　高寶書版集團
地址　臺北市內湖區洲子街八八號三樓
電話　02-2799-2788　傳真　02-2799-0909
海外總經銷　時報文化出版企業股份有限公司
地址　桃園市龜山區萬壽路二段三五一號
電話　02-2306-6842　傳真　02-2304-9301

情書 / 岩井俊二作；張苓, 王筱玲譯. -- 初版.
-- 臺北市：新經典圖文傳播, 2012.05
256面；14.8×21公分. --（文學森林；LF0022）
ISBN 978-986-88267-1-7（平裝）

861.57　　101006875